春风十里

石钟山 作品

江苏凤凰文艺出版社
JIANGSU PHOENIX LITERATURE AND ART PUBLISHING, LTD

图书在版编目（CIP）数据

春风十里 / 石钟山著 . — 南京：江苏凤凰文艺出版社，2019.7
ISBN 978-7-5594-3476-0

Ⅰ . ①春… Ⅱ . ①石… Ⅲ . ①长篇小说 – 中国 – 当代
Ⅳ . ① I247.5

中国版本图书馆 CIP 数据核字 (2019) 第 053993 号

春风十里

石钟山 著

责任编辑 孙建兵 刘 畅
装帧设计 观止堂_未氓
责任印制 刘 巍
出版发行 江苏凤凰文艺出版社
南京市中央路 165 号，邮编：210009
网 址 http://www.jswenyi.com
印 刷 江苏凤凰通达印刷有限公司
开 本 880 × 1230 毫米 1/32
印 张 8.875
字 数 200 千字
版 次 2019 年 7 月第 1 版 2019 年 7 月第 1 次印刷
书 号 ISBN 978 - 7 - 5594 - 3476 - 0
定 价 45.00 元

目 录

月上柳梢头

参军一年七个月后，李满全回到了他的故乡，靠山大队第三小队。

他一出现在村街上，就围过来一村老小，人们说得最多的一句话就是：满全你小子出息了。李满全微笑着，听着一村老少的赞扬，他裤兜里早就准备好了两盒烟，右兜里揣的是“握手”牌香烟，一角五分一盒，左兜里揣着“迎春”牌香烟，二角八分一盒。他掏出“握手”烟，敬村里的老少爷们，众人吸了他的香烟，更肯定地说：满全你小子一定错不了。

敬了一圈烟，又说了些部队上的事，村里人现在称他为师长的警卫员，其实不是，他只是一名师首长的公务员。师首长有许多，包括师长、政委以及副师长两名、副政委两名。他的工作是：在师首长上班前，他轮流着把师首长的办公室打开，擦桌子、拖地、清理烟灰缸，包括会议室的卫生他都要打扫一遍，窗明几净地迎接首长们上班。在中午之前，他还要去师部大院门口的传达室，取来各种报纸，分发给首长们。接下来，他就随时待命，师首长有事，随时吩咐他。

村里人称他为师长警卫员，那是抬高自己，他并不争辩，独自享受着。村里人是战争片看多了，过去部队行军打仗，营以上干部都有警卫员。现在和平年代了，没有警卫员一说了，只有公务员。只有军区领导，才有警卫参谋。

村里长辈一路表扬他，恭维着他。一路走来，村人渐渐散去，忙自己的事情去了。

他心惊胆战着一步步向马主任家门前走去，马主任是大队革委会主任，是大队的一把手。入伍之前，他在大队部当过通讯员。工作的性质和部队公务员类似，但还兼着跑腿的营生，那时全大队只有一部通往公社的电话，公社有通知通过电话传达，大队多以开会的形式把通知传达下去。全大队十几个生产小队，也算是十里八乡了，有时会通过广播通知。乡村广播经常不好用，不是这村断线了，就是那村的短路了，他就会骑上自行车，星夜兼程地把通知传达给各小队。他在当兵前和当兵后，一直在追求马主任的老七马香香。

马主任家里生了七个姑娘，本想要儿子，生的却都是女儿。马主任就此打住了，不敢再生了。那一年，马家老七，马香香在大队赤脚医生培训班学习，将来肯定是赤脚医生的苗子。

在乡下看病难，去一趟乡医院，少说也有十几里路，各大队就培养赤脚医生，就是乡医院的医生手把手地教，半年或几个月就算学成了。当然也治不了大病，给看病的人开一些头疼脑热的药，病严重一些的，挂些水，由大队记工分。在当时的农村，这是件让人眼热的工作了。

马香香是李满全的同学，从小学到高中一直是同学。从李满全记事起，马主任一直都是大队干部，穿一件四个兜的灰色中山装，戴一顶灰色的卡其布做的帽子。胸前兜里别两支笔，一支钢笔，一支圆珠笔，想用哪支就用哪支。

马主任以前抽“握手”香烟，现在改成了“迎春”。

李满全脸红心跳地走过马主任家门前，院子里静静的，只有几只鸡抖动着翅膀。白天人们都去做活路了，马香香不出意外正在大队的卫生所给人看病。李满全折返脚步，又向大队部走去。

大队部他太熟悉不过了，当兵前，他在这里工作了两年零两个月。青砖灰瓦一溜房子，院子被砖砌了，有个铁门，铁门此时是开着的。他走进铁门，看到进进出出的村民，大都是到卫生所看病的。他先走进大队部，看到马主任在放电话的桌前正在读报纸，老花镜滑下鼻梁，读得很认真的样子。见到李满全进来，放下报纸，目光透过镜框上方望了眼李满全，拉长声音道：“嗯，满全呀，混得怎么样啊？”他不说工作，而说“混”，足见在他眼里并没把李满全这个小兵放在眼里。

李满全忙去掏烟，掏出的是“迎春”烟，抽出一支递给马主任，马主任看看烟的牌子，叼在嘴里，李满全又立即划火点燃，顺势把一盒烟放在马主任眼前的桌子上。

马主任吐出一口烟，斜睨着又看眼李满全道：“当兵一年多了，再有一年多该复员了吧？”

李满全笑着应答着：“是的马叔，正常情况下再有一年半就该复员了。”

马主任又吸口烟：我算计了一下，今年前屯的老宋家的老三该复员了，还有十二小队的苏大拿的儿子也该复员了。

马叔，这两人我都认识，我上初中时，他们都上高中了。他笑着道。

马主任弹下烟灰又说：“嗯，好好干，争取入个党，大队这个通讯员的位子还给你留着。”

李满全连连称谢。

马主任把烟头摁在烟灰缸里:“当初我不同意你去当这个兵,都是为了你好,转了一圈又回来,有啥意思,是不是?”

“是是,马叔你说得对。”李满全一连称是道。他忙从大队部里走出来,把那盒“迎春”烟留在马主任的办公桌上,一转身进到了卫生所,有几个等待看病的村民认出了他道:“这不是李家那个二小子么?”

他点着头,心思却不在这,抬眼寻找着马香香。马香香正在给一个村民开药,她抬眼和他对视了一下,又忙去了。他看到她眼里说的话:“知道了。”

他转身走出卫生所,向家走去。

中秋节前,月亮还未圆,但已有了些亮度,明晃晃地挂在东方的天边。

李满全走出家门,邻居的狗吠叫几声,他走向村街,一条村街被十三的月亮明晃晃地照耀着,白花花的。他走到马香香家门前,掏出支烟点燃,让烟头明灭了几次,临离开时,他还大着声音清了清嗓子。然后一路向村外走出,沿着被月光铺满的村路,村旁有一条小溪,每年伏季下雨时,它会变成一条河。此时,中秋节临近,河早已瘦了,又变成了一条溪,溪水泛着月光。一棵树,是柳树,树叶已经打卷,有的已干枯飘落下来,他坐在树下的石板上,心思却在身后那条村街上。

果然,没多会儿,传来脚步声,从模糊到清晰,马香香的身影出现在他眼前。马香香立在一旁,他伸出手示意她坐下,她踌躇下,还是坐下了,他闻到她刚擦过的雪花膏味道。两人不说话,望着眼前静静的小溪。两人虽然打小就在一起，并无来往，他当兵后，乍着胆子给她写了第一封信，没想到半个月后，竟然收到了她的回信。后来两人通信变得频繁起来，信的内容虽没有风花雪月，但彼此都明白各自的心思，就像今晚他认定她会出来一样。

李满全追求马香香的过程有些自卑，马主任家七个姑娘，个个漂亮能干，嫁得也好。老大嫁给了县里的一个工人，早搬到县城去住了。老二嫁给了一个军官，虽然副连职就转业了，现在已经是公社人武部的部长了。老三、老四虽然没找到干部工人，嫁给当地的农民，家庭条件也属一流。老五、老六都是大队中心学校的教师。老七马香香是大队赤脚医生。一家的姑娘，可以说一个比一个的出息。

马主任经常叼个柴火棍当牙签，含在嘴里的样子就很风范。

李满全的家非常普通，父亲老实巴交当了一辈子农民。他有一个哥结婚了，娶的也是本地农民，也就是够个生活。

马香香从小就优越，好多男同学都想追求她，后来掂量了自己又都放弃了，只能远远地看一看，想一想。

李满全要不是因为当兵，给他十个胆，也不会给马香香写信。此时，他有种心满意足。在这月夜，他伸出手拉她的手，被她推开拒绝道："我爸说了，你不提干，想也别想让我和你好。"

李满全听了这话，心冷到了冰点。他抽烟，抽的是"握手"那个牌子。

马香香又说："你给师长当警卫员，还不能提干？"

他在心里苦笑一下，嘴上却说："我正努力呢，希望应该很大。"

现实却是，他一个师机关的小小公务员，就是一个跑腿打杂的小人物，师首长都不知他的全名，只知他叫小李，于是就小李小李地叫。政委叫：小李，把这封信送到收发室。师长叫：小李，把烟灰缸倒一下……

没到部队前，他对自己的前途充满了幻想，觉得只要自己努力，入党提干似乎唾手可得。可到了部队他才发现，自己太渺小了，比他强的人太多了，每年师部评选的先进标兵站满了台上。他坐在台下看着这些优秀的士兵，心想，自己又算老几呢。起初的幻想被兜头泼了盆冷水，就像今晚的心情一样。心里充满了悲凉和失望。

他把烟头踩在脚下，就像踩死了自己的幻想。他站起身，随后马香香也站立起来，两人对视着，他跺下脚：我会努力的，争取早日入党提干。

她低下头"嗯"了一声，然后转过身，快步地消失在村街上。他听见几声狗吠，抬头望天，看见了月亮，约会前他心情还有几分美好，此时已一片狼藉了。他踢飞脚下一颗石子，脚步沉重地向家的方向走去。

他后悔不该探这个亲，他探亲，一来看看父母、同学，更重要的是希望和马香香的关系有个进展，如果那样，即便他复员回来，也能有个交代。马香香的爸是马主任，如果他能和马香香有什么，她爸能坐视不管么，他在公社谋不到个职位，在大队也会混得不错。如此，他会心满意足的。

参军之后，他的眼界宽了，仅一个师就有那么多优秀人才，之前所有的雄心壮志都烟消云散了。他心里冰冷一片，以前还幻想着去见见同学、老师，现在他什么心情都没有了，只想假期一到，马上回部队，把还有一年多的时间过去，到那时，他便复员了，也就彻底结束一切幻想，回家当个农民，日出而作，日落而息，像他父母一样。

可他并不甘心，不甘心又能怎么样，像他许多同学一样，还不是种田、挣工分，祖祖辈辈。他有些恨父母没有把他生到一个好家庭，像江师长的女儿一样。人家那才叫幸运。

一江春水

江师长的女儿叫江歌，在师宣传队当主演，所谓的主演就是唱歌跳舞都擅长，而且还比人强一大截，刚满二十岁的江歌已经是排级干部了，十五岁就参军了，在师文艺宣传队。

江歌不仅能歌善舞，人还长得漂亮，她是全师青年干部和战士们的女神。

江歌因为是师长的女儿，人又漂亮，就很骄傲，目空一切，似乎所有人都不在她眼里，她走路挺胸抬头，似乎看到了一切，又似乎什么也没看见。

李满全作为师首长的公务员，只能远远地看着，他一直担心目空一切的江歌，走路会撞到东西，她却每天都完好如初。

他第一次近距离接触江歌，是去年五一节前夕，他去江师长家帮助打扫卫生，正赶上江歌在家，江歌一个人住一间房子，房门紧闭，从始至终。他一望见江歌紧闭的房门，又快乐又紧张，几次走到江歌门前拖地，他似乎嗅到了从江歌门缝里传递出来的一缕缕香气。江师长夫人姓张，人称张老师，以前做过中学老师，直至部队迁移到了郊区，她便不再上班了。张老师一次次冲屋内喊："小歌，把你房间也打扫一下，都乱成狗窝了。"只听江歌应过一句："我的房间干净着呢，不用打扫。"

到最后，李满全都快打扫完卫生离开了，江歌房门突然开了，扔出一包东西，冲已到了门前在穿鞋的李满全喊："哎，把这个也扔出去吧。"他忙又脱下鞋，换上拖鞋走进来，拿起那包垃圾，此时江歌早就回到自己房间，房门紧闭了。

这是李满全第一次这么近距离地接触江歌。

他更多地看着江歌，是在演出的时候，江歌和宣传队员在师部礼堂的舞台上，他们坐在下面，远远地看着江歌。江歌果然有才，一首《红梅赞》让她唱得高亢嘹亮，还有《沂蒙颂》，蒙山高，沂水长……江歌的表演只能用惊艳来形容。

江歌成了所有年轻干部、战士的梦中情人，当然只能在梦中了。李满全知道，他就是做梦也轮不到他头上。江歌对他来说，只能是年画，贴在墙上的那种。

况且江歌似乎已经名花有主了。

师机关警卫连的排长林松，是江师长家的常客，每逢周六晚上，林松都会去江师长家做客，江歌似乎在全师也只有林松才是她的朋友。林松才二十一岁，当排长已经一年有余了。李满全听说，林松十五岁就参军了。

江歌也十五岁参军，她是参加的文工团，是小兵，情有可原，但作战基层连队十五岁的小兵，全师只有林松一人。

李满全后来听说，林松的父亲以前是军区的副参谋长，一直是江师长的老上级，前几年不知什么原因，林副参谋长靠边站了，好像是什么"右派"，没权了，就把自己儿子林松送到江师长这里。江师长特批，林松成了师警卫连独一无二的小兵。先是在连部当通信员，后来又当班长，一年前林松提干了，当上了警卫连的排长。

林松排长是江师长家的常客，过年过节的，林松都到江师长家去过，他是江歌唯一的朋友，有时两人成双入对地走在师部营区的路上，在所有人眼里，林松和江歌是天造地设的一对。

再说林松的父亲林副参谋长，在全师，江师长已经是高高在上的首长了。师长，那是多大的官，他却给林副参谋长当过下级，而且一直是老部下。林副参谋长是军区的首长，正军职务，这样的首长李满全当了一年半兵还从没见过。

偶尔，会有军部的领导到师里检查工作，坐着车来，车停在师部门口，一行人前呼后拥着去了师部会议室，开了半天会，又前呼后拥着上了车，一溜烟走了。来的不知是哪级首长，反正，连个人影也没见到。首长都是神秘的，不是一般人能见到的。军里的领导都这么神秘，何况军区的首长了。

江歌与林松是天生的一对，这在师里上上下下，没有人怀疑。

虽然林副参谋长不在岗位了，闲赋在家，但在军区里上上下下，都是他的老战友、老下级，自己靠边站了，仍没有影响到林松的成长和进步，刚二十出头就已经是排长了。明眼人知道，林松的成长背后是江师长，扶持林松成长身为师长并不犯难。

江歌和林松在全师人眼皮下，出双入对，李满全就感慨，龙生龙，凤生凤，老鼠的儿子会打洞，这是民间俚语。他们这些没关系没靠山的士兵，只能靠自己努力，但努力的结果，那就是天意了。

漂亮又多才多艺的江歌，成了士兵们的梦想，也只能想想而已，他们并不是一个世界上的人。

一个人的世界

一想到未来，李满全有些悲哀，他最大的梦想就是能和马香香好，如果有一天马香香嫁给他，就断了他复员之后的忧虑。他没有更多的奢望，娶了漂亮能干的马香香，在马香香父亲的帮助下，在大队谋个差事，比上不足，比下有余，也算是一种不错的结果。一直到他到部队才鼓起勇气，给马香香写第一封信。他和马香香是同学，那会儿，他觉得自己配不上马香香，平时走路都绕开走，也不敢正眼瞧上一眼。他参军离开村子时，穿着武装部发的新军装，胸前戴个红花，从村子里一直走到大队。在去大队的路上，他碰到了马香香，马香香那会儿就开始学习赤脚医生了。他想溜边过去，不料马香香却主动搭话了，她笑着说：满全，当兵好，到部队上来信。

从小学到高中，她第一次对李满全这么说话，这让他心里狂跳起来。他一时没做好准备，结结巴巴地答："好，好，我会，会给你写信的。"马香香又笑一笑，走近一些，看到他新军装上的折皱还扯了扯，他闻到了一股清新的雪花膏味道。这个味道一直伴随他到了部队。

他到部队后一刻也没忘记马香香，在一年多的时间里，他一直给她写信，她也偶有回信，说的最多的就是祝他进步，早日入党提干。那会儿，他只把她的话当成了一种祝福。没料到这却成了她的条件。

晚上的约会马香香向他传递了明确的信号，那就是，他不入党提干，他们的关系是维持不下去的，李满全悲凉起来。一年多对马香香美好的愿景崩塌了。

参军的人没有人不想进步，入党提干成了每个人的奋斗目标。可事实却是，入党提干成了大多数人的水中月，梦中花。

在这个世界上，最了解儿子的人是母亲，李满全的母亲就是个农村妇女，没文化也没见地，却有一颗洞察世事的心。见儿子这几天闷闷不乐，把炒好的一盘瓜子放到李满全面前，盯着儿子说：前屯王大壮家前一阵子托人保媒来了，他闺女是你们一个学校的，叫王迎花。

她试探着问儿子，李满全没心思去想那个王迎花，他现在满脑子都是马香香，有滋无味地捏几个瓜子嗑。

母亲又进一步说："要不趁你在家咱们见见？"

他没说话，把瓜子壳扔在脚下。

父亲和哥回来了，生产队收工了。哥叫李满仓，已经结婚另过日子了，娶的是本村张家姑娘，张家就一个姑娘，他做了人家的"倒插门"，搬到女方家过日子去了。他回来几天了，哥有事没事就往家里跑，来看他。

父亲坐在炕沿上，拿过毛巾擦脸。父亲当了一辈子农民，年纪才五十出头，背已经有些驼了，脸上的折皱深深浅浅地爬满了整张脸。生活的重压，让父亲学会了叹气，长一声短一声的。

母亲见父亲和哥哥回来，便又提起刚才的话茬，又说了一遍。

哥蹲在门口，屁股搭在门槛上，他在吸烟。哥比李满全大不了几岁，但已经是典型的农民打扮了，李满全看到哥的样子，又想起他第一次上学，哥领他走进校门的情景，恍恍惚惚的，哥就成了农民。

父亲没说话，把毛巾搭起来。

哥吐了口烟道："王大壮那闺女前几天赶集我还见了，不错，是个会过日子的人。"

父亲咳了一声。

哥看他一眼，想说什么，又没说。

父亲说："满全，你当兵有一年多了，有见识了，你说说，你想找啥样的？"

李满全没说话，又抓起瓜子在嗑。

母亲小声地："他看上马家老七了。"

父亲呲了声："这不可能，那个马德性，我还不知道他，看人往上看，他啥时候低过头看人。马家老七同意，她爹也不会同意。"

马德性是马主任的外号，本名叫马德海，背后人们都叫他马德性。

坐在门槛上的哥又点起一支烟道："我看抓紧跟前屯老王家把亲定了，趁你穿着这身军装，要等你把军装脱了，人家还不一定同意呢。"

母亲搭茬道："我也是这么寻思，过这个村可没这个店了。"

李满全把手里剩下的几粒瓜子扔回到盘里："那我就谁也不娶了。"

说完走出家门。

他走在村街上，正是收工时分，家家户户袅袅地冒起了炊烟，鸡鸣狗吠，一副乡村生活场面。

他走了一阵，发现并没地方可去，又来到村头小溪边。还是那棵柳树，树叶又黄了一些，有些树叶已经落了下来，溪水更瘦了。

中秋一过，天就凉了。

李满全结束假期归队了，他满腔热情地回，失落着离开了。留下家人的揪心和挂念。

别样

失落着归队的李满全，刚一回部队，就接到了江师长一项任务。师宣传队有下部队慰问演出的任务，不巧江歌感冒发烧了，她本可以请假不去，但江歌坚持要去。江歌的母亲张老师不放心江歌的身体，要亲自陪着江歌去部队演出，她的提议遭到了江师长的反对。

正巧，李满全归队。李满全探亲这几天，临时从警卫连抽调一名战士顶替他，他归队第二天，正准备和这名战士交接，江师长一个电话让他过去。参军一年多了，这还是江师长第一次单独叫他。以前江师长有事，正赶上看见他，叫声："小李，你去趟卫生队，帮我开些膏药。"他就去师卫生队给师长开膏药。师长参加过解放战争和抗美援朝，腰上受过伤，一变天腰就疼，师长经常派他去卫生队拿膏药。

让他郑重地去办公室这还是第一次，他兴奋又心惊胆战地在师长门口喊了一声："报告。"门开着，师长点了下头。他迈进师长屋内，以前他给师长送报纸，打扫卫生什么的，只要师长在屋里，他都要喊报告。有时门关着，他摸不清屋里有没有人，他也要喊报告。喊两声没人答应，他才能推门进去。师长办公室一般不锁门，就是为了留给他打扫卫生。

师长冲他说："你去下我家，我爱人张老师有事冲你交代。"

他第一次知道，师长的夫人叫张老师。以前，他见过几次师长夫人，微胖的一位妇女，很白，还戴着个眼镜。

师部家属院就在师部办公区的院外，一墙之隔，有士兵站岗。他来到师长家后，便敲门，刚敲了两下，门就开了。微胖的张老师出现在他的眼前，他忙上前热情地叫了一声：张阿姨，我是小李，师长让我来找你。

张老师说了声："等一下。"

人便闪到了门内，李满全顺着虚掩的门缝隙向里面探望，一间很大的客厅，看到电视一角，也看到了一角的冰箱，这是李满全第二次来到江师长家门前，第一次是"五一"时，来师长家打扫卫生。那一次他领略了师长家很大，家具电视很齐全。

以前他曾听过战友们说："师长家的房子好大，有四间房，客厅可以打乒乓球。"那是被师长叫到自家打扫卫生的战友们的议论。当时李满全一脸艳羡地听着这些战友的议论，没有感叹，只觉得理所当然。

只一会工夫，张老师提着两大提包东西走到门口，把提包放在李满全眼前，她不放心地上下打量着他，李满全此时身子挺直地站在张老师面前，任凭审视。

张老师就说："小李，我好像见过你。"

李满全身子往上一挺道："报告阿姨，我叫李满全，师机关首长的公务员。以前来您家打扫过卫生。"

张老师又问："几年兵了？"

李满全身子又一挺："报告阿姨，当兵快两年了。"

张老师似乎满意了一些，低下头看了两个装好的提包道：“这是江歌要用的东西，这个是她换洗的衣服，这个是吃的和药。她演出任务重，身体不好，就麻烦你照顾好江歌了。”

他再次挺直身子，冲张老师敬个礼道：“保证完成任务。”

在李满全眼里，张老师的分量是等同于师长的。当兵快两年了，他一直在寻找进步的机会，他觉得现在应该就是，他要用千分的努力抓住这样的机会。此时，用热血沸腾来形容李满全这一点也不为过。

他从师长家门洞出来，一手提着一个提包，提包是土黄色的，一只上印有为人民服务，另一只也是。他直接去了宣传队报到，宣传队长姓肖，是名连职干部，看着他和两只提包，皱了下眉道：“装车吧。”

他道：“阿姨说，这两只包让我随身携带，人不离包。”

肖队长没再理他，组织人来装车。这是他第一次来到师宣传队，在师部院内，又一个小院，二层小楼，对面还有一溜平房，楼是宿舍，平房是平时排练的地方。平日里隐约传出来的练歌声大概就是从这里传出来的。

一群男兵和女兵叽叽喳喳地往一辆卡车上装道具，还有一辆客车停在一旁，看来是坐人的。

不久，车就装好了，肖队长宣布列队，一群男兵女兵站在肖队长面前报数。

李满全站在一旁看着，这些人集中在一起，天似乎一下子就亮了。男兵个子高挑，英武俊朗。女兵漂亮又不乏英姿。英俊的男兵和漂亮的女兵，如果一个人单独在那，并没有什么，若是把他们集合在一起，那就不一样了，只能用亮来形容。

这是李满全的感觉，整个宣传队的小院都亮了。

队伍报数完毕，肖队长歪了一下头道："小马，你去叫下江歌，出发了。"

叫小马的男兵，从队列里出来，跑步向宿舍楼。在这期间，男兵女兵都放松下来，他们小声私语着，不时有目光望向站在一旁的李满全。这么多人偷瞄自己，他感觉到浑身不自在。为了让自己有些存在感，他弯下身去整理脚边的两只提包，其实张老师早就收拾过了，没什么整理的了。他现在只能装作找点事来干。

一会儿之后，江歌随着那个叫小马的战士出来了，江歌披件大衣，胸前还抱着一个热水袋，样子有些憔悴。

肖队长忙上前去，引领着江歌先行上了客车，她坐在一进门对面的座位上。

安顿好江歌，肖队长重新又走回到队前道："江歌同志带病参加我们这次下部队演出，我们要向江歌同志学习。下面我们用热烈掌声表达对江歌同志的敬意。"

说完率先鼓掌，队伍也开始鼓掌，却并不热烈。肖队长不满地看了一眼大家，下达了登车的命令。

宣传队的队员们排着队开始登车，很快，便都上了车。只剩下肖队长和李满全。李满全一直站在刚才的位置上。肖队长转过身，走到他面前："上车吧，你坐最后一排。"

他提着两只提包走进车门，顺着过道向后排走去。这时，仍有人侧目，这次不是看他，而是看着他手里提着的两个提包。

后排座是空的，他把提包放在椅子上，不放心，又拿到了下面，安顿好才坐下。

他望着前面坐满的宣传队员，肖队长上车，坐到了江歌身旁的座位上，耳语着冲江歌说了句什么，江歌偏过头，向后面看了一眼，显然是在看他。他身子立直坐好。

车就开了。一上路，他才知道，宣传队员们为什么不坐后排。过沟沟坎坎时，几乎颠得他差点从坐位上飞起来。他只能两手用力地抓紧扶手。

车便一路绝尘而去。

大小姐

宣传队到了部队，第一次演出前，江歌的感冒似乎好了，烧已经退了，只剩下偶尔的咳。

在团部礼堂，舞台已布置完毕，宣传队员们在后台开始化妆。

江歌化妆，李满全就站在一旁，他手里托着一个杯子，杯子里冲的是红糖水。李满全现在做的每个步骤都是张老师交代好的，提包里不仅装着各种吃食，还包括什么时候吃什么，喝什么，纸条上交代得一清二楚。上台演出前，要喝红糖水，补气血，李满全就把一杯红糖水冲上。站在江歌一旁，随时等候吩咐。

化妆间很忙乱，这个进来，那个走，女孩子化妆，或多或少还有些隐私。他的出现，让女宣传队员有了不适，但碍于江歌又不好说什么，但情绪上或多或少地已经有了一些流露。

江歌回过头没好气地冲他道："你出去吧，别站在这了，碍事。"

他以为自己真碍事了，往里躲了躲，尽量地让自己所占的空间缩小，仍没走的意思，尽职尽责地端着仍冒着热气的红糖水。

江歌发火了："让你走开，听到没有。"

他手一抖，有几滴水溅出来，他端着杯子走到门口，想了想又回来，把杯子放到江歌身旁道："红糖水放这了，你妈吩咐的，一定让你趁热喝，别凉喽。我就在门口等你，随叫随到。"

他走出化妆间，立在门口。出出进进的人对他自然没好脸色，还有人用眼睛斜视他，他全然不顾，像哨位上的一名哨兵。

刚得到陪江歌下部队演出的消息，他在暗中早就把这个任务当成了一次难得的机会，这个想法虽然是江歌妈出的，但也得到了江师长的肯定。是江师长亲自叫他去办公室下达的任务，他现在执行的是江师长的任务。

他早就想好了，只要把江歌照顾好，她就会向她妈说，她妈就会向师长报告，如果师长对自己印象好了，将来还会有错么？从他自己登上宣传队的车那一刻起，他就下好了决心，自己一定要像照顾姑奶奶一样，照顾好江歌。不论有什么委屈和困难，别说江歌呛白他几句，就是把一杯热红糖水泼在他脸上，他也要笑。

演出就要开始了，他突然想起，张老师交代的，这时候要给江歌吃水果。水果早就洗好了，放在一个饭盒里。演出铃声响起时，他把一只梨已经削好了，切成小块，饭盒里又放了一根牙签扎在一块削好的梨块上。他站在侧幕，此时，他眼里没有演出，也没有别人，眼里只有江歌。

开场的第一首歌就是江歌唱的，还是那首《红梅赞》。江歌的病果然没有好利落，演出刚完，一边往台侧走，一边手掩了嘴，不住地咳着。他端着饭盒忙迎上去，叫了一声："分队长，你辛苦了，快吃梨，刚削好的。"

他叫她分队长，其实别人也这么叫。在宣传队，一共就两干部，肖队长是正连职，江歌是排职，是分队长，专门负责女宣传队员。

江歌用牙签挑了梨吃，咳嗽减轻了一些，这次她没有责怪他，而是感激地瞟了他一眼。休息的当口,问他一句:“你叫什么?”他忙答了。从身后的侧幕里,忙拿出一个凳子来,就是刚才江歌在化妆间坐过的凳子,江歌人一走,他顺手就把这个凳子搬来了。演出前,他台上台下都观察了一遍,台上什么都不缺,就是缺休息的凳子。这是他在师机关,给师首长当了一年多公务员练就的眼力见。作为一个公务员,看似简单,其实大有学问。比如,首长办公室何时打扫,下班后打扫,就不如早晨上班前打扫。若下班时就打扫,经过一夜,办公室或多或少又有灰尘了。赶在上班前打扫,刚拖过的地,擦过的桌子,热茶刚刚沏上,袅袅地飘散着热气。首长随着上班的号声响起,走进办公室,看着窗明几净的办公室,心情自然会愉快起来。

还有,上午十点之后,他从收发室领取报纸,按各位首长分好份,擎在手里。如果首长门是敞开的,首长办公室里也没有客人,他会悄声走进去,把报纸整齐地放在首长桌前的一角,小声提醒不忙碌的首长一声:“首长,您的报纸。”首长有时“嗯”一声,有时不“嗯”,不论“嗯”不“嗯”他都要快速地离开。如果赶上首长办公室的门是关着的,他立在门口小声地喊一声:“报告。”如果首长说:“进来。”他才能推门进去。喊完报告,仍没人应答,他再敲门,声大会惊动别的办公室首长,声小首长又听不见。

有时,首长一个电话打到值班室,让他去取一份文件,他要在最快时间到达首长办公室,但又不能弄出声响。所以在首长上班的时间里,他一直守在值班室,就是上厕所也跑步去,跑步回,唯恐误了首长的电话。

李满全的眼力见,是给首长当公务员时练就的。

演出还在进行,准备出场的演员只能站在侧幕后面等待出场。看到江歌不仅有座位，还吃着水果，她们的眼神换成了羡慕。李满全也不多事，尽可能把身体站到江歌后面，站到江歌触手可及的地方。

全场演出，因为江歌身体不好，只安排她唱了三首歌，开场一首，中间一首，还有最后一首。

江歌唱完最后一首时，演出就算结束了，帷幕合上，台下全体官兵起立，报以热烈掌声。演出完的队员走得都差不多了，江歌一走到侧幕，李满全忙把军大衣披在江歌身上。虽是秋天，天还不太冷，江歌演出时，穿的少，身体刚感冒初愈，披上一件军大衣，明显好多了。他扶着江歌，快步向住处走去。他知道江歌要在第一时间回到住处去卸妆。

当卸完妆的宣传队员们排着队去食堂吃饭时，李满全已端着病号饭来到了江歌宿舍门前，他在门口喊了一声："报告。"

江歌在屋内有气无力地应道："门没插。"他挤进门去，把端来的病号饭放到江歌的床前，是一碗葱花鸡蛋面，还有一碟小咸菜。在宿舍里，把一把椅子摆在江歌面前，扶江歌从床上坐起来，忙从兜里掏出感冒药，放在手心里，清水已经倒好了，放在另外一个碗里。江歌从他手心里捏过药粒，就着清水把药吃下去，接着吃面。

在这过程中，他一直站在一旁看着江歌吃，江歌吃了大半碗面，就放下了，转身躺在床上。他忙递过去手绢，江歌闭上眼，挥下手绢，他把剩下的面条和喝水的空碗端走，送回食堂。

熄灯号吹响前，正是洗漱的时间，他端了盆热水，腋下夹了只热水袋，再一次出现在江歌床前。在这期间，江歌似乎睡了一会儿，精神比之前好多了。他把水盆先放下，拿了江歌的毛巾浸湿，又拧干，递给江歌。屋内进进出出都是宣传队女队员洗漱，侧目看着眼前的一幕。江歌擦了脸，他把水盆往前放了放，扶江歌坐在床边。他蹲下身，把江歌裤脚挽上去，让双脚浸在水里，水的温度李满全试过了，不热不冷，温度刚刚合适。江歌嘴里“哦”了一声，他放心下来，把手浸在水里，想给江歌洗脚，手刚碰到江歌的脚，她忙把脚移开，错愕地望着他。他尬在那，一点点地站起来，江歌这次又把脚放下。江歌把脚拿出来，他忙递过擦脚毛巾。

做完这一切，看着江歌又躺到床上，他才端起水盆离开。

睡在江歌对面的张小红等他离开，就凑到江歌床前道：“分队长，他是谁呀，咋对你这么好？”

一路下来，这是宣传队员们最疑惑的问题，但又不好问，一直好奇地打量着这个陌生的李满全。

江歌道：“师机关首长的公务员，我妈派他来的，我不同意，我妈非让他来。”

住在江歌同一宿舍的几个女宣传队员就沉默了。她们也经常感冒，有的发烧到三十九度多了，也得参加正常演出。有的来例假，肚子疼，吃一粒止痛片就又上场了，从没有过这样的待遇。她们在心里，一面嫉妒着江歌，一面又羡慕着她。

张小红躺在床上，熄灯号已经吹响，她顺手把灯关了，一边躺下一边说：“分队长，这个公务员挺机灵的，给你服务也算体贴周到了，你回家在你爸妈面前，可得多美言几句，不然可对不住他的这片心。”

江歌没有说话，没有人再搭茬了。

江歌已经体会到了李满全的细心周到，她心里是感激的，但不会流露出来。不仅是男女有别，她是干部，李满全是战士，她要掌握这个分寸。

爱情

这次宣传队从师部出发，他们的任务是走遍部队的每个角落，凡是有人的地方，他们就要把演出送到。

出发两三天后，江歌的感冒基本上痊愈了。

每次演出前，李满全要泡一杯胖大海递给江歌，她演出前喝，下台喝，为了再一次上台做调整。演出完毕，他早把切好的水果递给江歌。这一切都是江歌妈准备好的，出发前两只满满的提包，此时已空下去一只了。另外一只装的是江歌的各种衣服，他们演出时都穿军装，但军装里面穿的就不一样了。江歌妈带的就是一些内衣，有换洗的，也有各种薄厚不同的衣服。演出忙，又一直在路上，没时间洗衣服，宣传队员们有的换洗衣服带的少，只能挺着。没时间洗衣服，成了女宣传队员最大的烦恼。

每到一地，李满全就把装着衣服的提包送过去，第二天出发，他再提上。

有一次，宣传队正在台上演出，他留在宿舍清理提包，他发现江歌的内衣已换下了不少了，敷衍地放在提包上面。他想都没想，在住处找了脸盆，把一团脏衣服放到盆里，他要去给江歌洗衣服。张老师的纸条上没写这一点，但李满全觉得，这也是自己工作的一部分，他找到连队的水房洗起了衣服。洗衣粉和肥皂都是张老师带来的，他洗着洗着，发现这些衣服里还有小内裤和胸罩，他还是第一次见过女人这些东西，但又不能不洗。他一边洗一边就想起了江歌，高挑的个头，漂亮的脸蛋，江歌因人长得漂亮，歌又唱得好，她成了基层干部、战士最受欢迎的宣传队员，只要她一上台，台下就是热烈的掌声。他在侧幕里看过，台下的官兵眼睛都睁大了，一道道光射向江歌。他洗着衣服，心里就别样起来，但还是在最短时间把衣服洗完，拧了又拧。他知道，明天宣传队又该出发，去奔下一个连队了，他要赶在明天出发前，把这些衣服晾干。

他晾江歌衣服时，为了小内裤和胸罩犯了难，这个晾衣地方在大庭广众之下，晾那些衣服显然不合适，但又不能不晾。他思来想去，在连队后院小树林里找到一个去处，匆匆地把那几件小衣服挂在上面。第二天早晨，他比别人早起了半小时，把衣服收好，又整齐地叠好，特意地把那几件小内衣放到几件衣服中，交到江歌手上。江歌诧异地看着自己的衣服被洗好，又诧异地看了他一眼，瞬间脸红了，她接过衣服时，小声地说了句："以后这衣服你不要管。她匆忙着把衣服塞到提包内。"

事后许多天，李满全仍在回味江歌的那些洗过的衣物，以及江歌当时的神态。

江歌的病彻底好了，他照顾江歌的时间就减少了，没事干，就帮宣传队的男兵一起装道具，卸道具。一干活他才知道，别看这些男兵长得俊朗，身材也好，但干起活来，三个也不如他一个。有了李满全的加入，装卸道具的活就快了许多。

肖队长就说："小李，你以后调我们宣传队算了，别在机关干了。”

他笑一笑，跑前跑后地又去忙碌了。

有了李满全，整个宣传队的工作似乎都变得轻松了。肖队长就一个劲地夸奖李满全道：“等这次回去，我们宣传队一定给你一个嘉奖。”他不说什么，感激地望着肖队长。这就是他要达到的，既然是机会就要牢牢抓住。

事件的高潮是在哨所演出发生的事情。

哨所距离山下的连队还有一个多小时的车程，在一座山上。山上的哨所有一个班的战士，宣传队的这次慰问演出任务就是一个士兵也不落下，一个班的哨所，更应该上去。宣传队又上去一个小分队。江歌一定要求上哨所，前几天因重感冒，她的演出不多，她希望通过上哨所演出能补上。江歌到哪，李满全自然也要到哪，他的任务就是要照顾好江歌。

车开到山脚下，便没有路了，宣传队的小分队只能爬山。李满全主动背乐器上山，通过几天的相处，他和宣传队的所有人关系已经融洽了许多。

这个哨所，海拔有两千多米，也就是说，这座山，有两千多米高，行走起来，是曲折的。一条羊肠小路，路旁长满了荆棘，稍不小心，就会划破衣服。李满全背了两只手风箱，一个在胸前，一个在后背，他走在最前面，每走一处，不停地提示着后面的队伍注意脚下。汗水先浸湿了脸，后来就是全身。他走在前面，还要时时注意身后的江歌，队伍走走停停，终于在中午时分走到了哨所。哨所的战士们早就听说宣传队的人要来，他们早就按捺不住了，宿舍打扫了，窗明几净，就是哨所小院每个角落，一片树叶和草棘也剔除得干干净净。许多战士换上了干净的军装，有的还抹了雪花膏。

李满全看到哨所的战友，心里一下子难过起来，六七名士兵，守在这巴掌大的哨所，山林就是他们的伙伴。平时他们太寂寞了，因为身处高原，紫外线照射在他们脸上，每个士兵脸色都是紫黑的，就连他们的嘴唇也是紫的。他们见到演出小分队，兴奋得有些夸张，有的还激动得流下了眼泪，班长指挥战士列队在小分队面前。

演出就开始了，小分队和士兵们几乎面对面演出。第一个演唱的是江歌，江歌唱的是《绣金匾》，刚一开口唱："正月里闹元宵，金匾绣开了，金匾绣给咱毛主席……"所有战士都泪流满面了，小分队的人眼圈也红了。

江歌的歌声被风吹散，她眼里含着一层泪花，所有小分队的人，演出都很卖力气，因为地方狭小，他们只能一首接一首地唱歌。江歌是小分队唯一上哨所的女队员，她的歌唱得最多，当她唱《沂蒙小调》最后几句时，突然晕倒了。

小分队和哨所的战士都慌了，众人围上去，看到江歌脸色苍白，大口地倒气，肖队长马上断定："是缺氧了，快下山。"

李满全冲上去，跪在地上，众人把江歌抬上了李满全的后背，他撒腿就向山下奔去，演出还没有完，肖队长又派出一名男队员跟上。

李满全也不知哪里来的力气，他快跑着向山下奔去，后面跟着的那个男队员，空着手，几乎跟不上他的脚步。

当他们赶到山下的车上时，放下江歌，李满全整个人觉得都快虚脱了，车快速地驶离，他们要驶回连队，那里有卫生员。

李满全解下腰间的水壶给躺在座位上的江歌喂了一口水，江歌慢慢地睁开了眼睛，她看了半晌，喃喃地问：这是哪呀？

车赶到连队时，一群等在这里的宣传队员围上来，不知发生了什么事。当他们七手八脚地把江歌扶下车时，李满全才发现，自己无法下车了。他的脚崴了，已经肿胀得很高了，他自己都不知道自己的脚何时崴的。好半晌，他才一瘸一拐地下了车。

卫生所内，江歌已经苏醒过来了，她感冒刚好，身体还虚弱，加上高山缺氧，卫生员给江歌注射了一支葡萄糖，又喝了一支。江歌独自就能离开卫生所了。

李满全的脚肿得像馒头一样了，卫生员给他抹上了紫药水，又开了些活血化瘀的药，被两个宣传队员扶到了临时宿舍。他懊恼自己不能再照顾江歌了。他让宣传队员帮他找来一截木棍，他拄着木棍，向江歌宿舍走去。他敲了一下门，一个女队员打开房门，他看到江歌倚在床上，正和几个女队员聊天。

江歌看到他，又看到了脚，惊叫一声："小李，你怎么了？"

这段时间，她一直称他为小李，其实他们的年龄差不多。

他倚在门框上道："分队长，提包里有红糖，你冲上一杯。"他又苦笑一下："我现在这样，不能照顾你了。"他真心地为自己不能照顾江歌而懊恼。

几个女队员也围过来，看着他肿得像馒头一样的脚，惊讶地说：这脚怎么伤成这样了？

他不好意思地："分队长晕倒了，我担心有事，下山急了些，不小心崴了一下。"

江歌下了床，扶住他："小李，都是为了我，让你受伤了，你快回去休息。"

他执拗地推开江歌，无所谓地说："没事，你快休息，你不躺下我就不走。"

江歌无奈地又躺到床上，他扭过头冲几个女队员："辛苦你们几位战友了，江分队长身体不好，我不能照顾她了，拜托大家了。"说完还给几个女兵敬了个礼。然后拄着木棍，笃笃地走了。

刚出门，他听见张小红说："这个小李人真不错。"然后就是几个女兵七嘴八舌地对他的议论。

晚饭时，江歌来看他，从食堂打回了饭，放在他的床头，还为他的军用水壶灌满了开水，做这一切时，她一直在说："小李，为了我，真对不住你。"

让江歌来照顾他，他手足无措了，一遍遍地说："分队长，这可如何是好，怎么你照顾上我了。"

江歌坐在他的床上，还为他削了一个苹果放在他床头，这才离开。

夜半，宣传队员们都睡下了，肖队长才带着几个男队员赶到连队。他先看了江歌的病情，听说他的脚受伤了，又来看他，站在他的床头，握着他的手用力摇了几下说："谢谢你小李，你是好样的。"

肖队长的话，是从他参军以来，听到的最好的鼓励。

演出任务只剩下最后一个团了，这个团离师机关最近，只有几十公里。他们演出由远及近，转一圈再回到师里。

李满全虽然受伤了，但他不想给宣传队添麻烦，他仍像以前一样，一边照顾江歌，一边为宣传队做点事。他拄着木棍，跛着脚，在宣传队忙碌着。俨然，他已经成了宣传队的一员了。经历了一些事情，宣传队的人对他友好起来。不时地有人找他帮忙，这个说："满全帮我泡杯胖大海。"他拿过缸子，到处找热水。宣传队演出的时候，他就静静地坐在台下，看宣传队的演出。

江歌是宣传队的台柱子，只要她一出场，台下就热烈起来，她的掌声要比别人响亮，呼声也最高："再来一个，再来一个。"台下的战士干部喊着，江歌只能再次返台，唱了一首又一首。

他在台下看着江歌就想起了马香香，自从到宣传队，他一直没抽出空给马香香写信。看着眼前的江歌和那些女队员，马香香在他眼里暗淡下去，但他清楚，眼前的一切，都不属于自己，自己的命在靠山大队。

正在三团一个连队演出时，连队门前，快速地驶来一辆挎斗摩托，一个军人骑着这辆摩托驶了进来，戛然停住了。

李满全刚为江歌泡了杯红糖水，递到江歌手里，那辆摩托车就驶进院内，轰鸣声打破了连队院内的寂静，队员们都引颈张望。林松从车上跳下来，径直走到江歌面前，他手里提着个布袋，冲江歌打个指响："江歌，还好么？"说完把布袋递过去道："你妈包的饺子，热热吃了吧。"江歌两颊绯红，望着林松的目光瞬间就不一样了。她低下头小声地："这么远，还让你跑来。"

林松道："早就想来看你。"在二团三团时，离师部太远，今天你妈包饺子，让我去吃，我想到了你，快热热吃了吧。

他转身看到站在身后的李满全，把那个布袋交给他道："到炊事班去热热。"

李满全接过布袋，跛着脚向炊事班走去。

此时演出马上就要开始了，连队士兵开始集合。

林松："好好演出，再有两三天就回去了，我先走了。"

江歌含情脉脉地点点头，目送林松骑上挎斗摩托。肖队长看见林松打个招呼："林排长，这么远你怎么跑来了？"

林松冲肖队长打个指响：肖队长，不打扰了。

摩托车冲出营院，消失了。

演出开始了，李满全在炊事班把饺子热好了，他拿着饭盒，听着外面江歌的歌声，他羡慕林松。

林松是师机关警卫连的排长，他认识，之前他就听过林松和师长及江歌这种关系。之前只是一种传说，此时，他亲眼见证了这种关系，不知为什么，他一下子失落了。他明知道，他不会和江歌有什么关系，但他还是失落。

宣传队下连队慰问演出结束了，他们又乘坐那辆客车向师部出发了。他仍坐在最后一排，江歌和肖队长坐在最前排，每个人都有自己的位子。

宣传队终于回家了，这是所有宣传队员的说法，二十几天的辛苦劳累一扫而空，他们兴奋，叽叽喳喳地议论着什么。

肖队长站了起来，冲大家说："咱们唱支歌吧。"他起了个头，众人一起唱了起来。他们唱的是《打靶归来》："日落西山红霞飞，战士打靶把营归，把营归，胸前的红花映彩霞，愉快的歌声满天飞……"

曲调欢快，在部队人人会唱的一首歌曲，此时的李满全却高兴不起来。在这个集体里，仿佛他是个被遗弃的人，人们热闹地唱着，全然没有顾及他的感受。

宣传队回到师里，已经是傍晚了，他帮宣传队又卸了道具车。一切完毕后，他要走了，江歌不知从哪钻了出来，来到他面前，递给他两个苹果，他没接，江歌执意递给他，他接了过去。江歌望着他，真诚地说："小李，这次谢谢你了。"说完给李满全敬了个礼。

李满全脸红了，忙说："分队长，别这样，我这是应该的。"

他拿着两个苹果，一拐一拐地离开了宣传队。回到自己的宿舍。

原地

李满全结束了宣传队的生活，又回到师机关工作了。

他又像往常一样，在首长没上班前，打扫好每个首长的办公室，沏上一杯热茶。

上午的时候，把挟着分发好的报纸，挨个往首长办公室里送。他来到师长门前时，师长的门是开的，正在看手里的一份文件。他喊了一声报告，师长"嗯"了一声，他悄悄地过去，把报纸放在师长桌上。

师长没抬头，叫了声："小李……"

他本来正要退出师长办公室，师长这么一叫，他立住，答了一声："到。"

师长抬了下头道："小李，听肖队长说，这次任务你表现不错。"

他心脏快速地跳了起来，他听着师长的下文。

师长放下文件，摘下老花镜："肖队长本想给你一个嘉奖，让我否决了。"

他怔怔地望着师长。

师长："这次的任务，算是帮江歌的忙，要是给你嘉奖，名不正，言不顺，你说是不是？”

他的心脏猛然缩紧了，呆呆地望着师长，师长轻描淡写地：“回去吧，小李，努力工作。”

他走出师长办公室，心情一落千丈。

他记得临离开宣传队那晚，刚卸完车，肖队长过来，拍着他的肩头道：“小李，辛苦了。宣传队一定要给你个嘉奖。”

部队的嘉奖，是一种低级别的奖励，但这种嘉奖，会写进档案，跟你一辈子。

李满全从新兵连，又到连队，再到师机关，两年了，他一次嘉奖也没得过。许多同年入伍的战友，很多人都得过嘉奖，有的已经成了预备党员。在师机关工作，看似风光，天天接触师首长，两年下来，他却连个嘉奖也没拿到。在宣传队工作这一个月，肖队长答应给他嘉奖，被江师长否定了。燃起的小火苗瞬间被一盆水浇灭了。卧薪尝胆对他来说已经没有时间了，再有一年，他在部队没有改变的话，就这么复员了，空手来又空手回了。

他只能给马香香写信，他差不多有一个月都没给马香香写信了。那会他的眼里心里只有江歌，在宣传队的一个月时间里，他熟悉了宣传队里的女队员，张小红、冯花花……在他眼里，这些女宣传队员比马香香都要强十倍百倍。可她们就是她们，与自己一点关系也没有。他只能把寄托放在马香香身上，他又恢复了给马香香以前写信的速度，一周两封或者三封，不管马香香是否回信，也许他写上半个月或一个月，马香香才回一封。他在信里有万语千言，马香香回信总是很短，内容也千篇一律，无外乎就是关心他入没入党，提干是否有希望。即便如此马香香每次来信，他都迫不及待地打开，结果一目十行地看过了。因为每次马香香的来信，都一个腔调，内容也一样，从没改变过。他只能一目十行地看了，然后又一下两下地撕了，丢在垃圾桶里。

李满全经常地想，自己也就这个命了。但他又不甘心，父亲、哥哥的命运让他恐惧，他不甘转了一圈又回去当一个农民，可又有什么办法呢。他悲哀，感叹命运的不济。

现在他经常会想起在宣传队那一个月的时光，虽然短暂，但却是那么美好。外冷内热的肖队长，大小姐一样的江歌，热心肠的张小红，他怀念宣传队的气氛。这段日子，他做梦都会梦见在宣传队的时光。醒来他恨自己没有文艺天赋，要是在宣传队当兵，他会快乐，也会看到希望。现在的李满全多了心事，经常坐在师部公务员值班室里，望着窗外发呆。他似乎看到了眼前的一切，又似乎什么也没看到。

星期日的中午，他正在洗衣服，一抬头看见了江歌，她的身边走着林松，两人说笑着向家属区走去，看样子江歌是要回家，他们要在师长家过星期天了。

他想到了江师长的家，宽大的客厅，各式各样的家电。江歌的一切，师长家，对他来说，就是虚幻的世界。

他低下头，看了眼盆里的衣服，他在心里叹了口气想：啥人啥命，我李满全就是个吃土的命。他一脚把装衣服的盆踢开，想过了，咒过了，日子还得往前熬。离他服役满三年的时间越来越近了，他知道已经回天无术了。再有半年，他就要卷铺盖走人了。

这阵子，他没心情给马香香写信，他明白，自己赤手空拳地回去，马香香不会和自己好，就是她同意，也过不了她爸那一关。

有一天上午，他从收发室里取了首长的报纸，正往师部大楼走去，迎面看到了江歌，他怔了一下，江歌先热情地打了声招呼：

“满全。”他立住叫了声：“分队长，这是去哪呀？”

江歌笑答：我去服务社买点日用品。

他“噢”了一声，便想离开。

江歌叫住了他，认真地说：“谢谢你满全。”

他知道她说的话的意思。

他装作无所谓地一笑道：“应该的，况且我是在完成任务。”

江歌低下头又道：“本来该给你个嘉奖的，我爸考虑这样影响不好，你别介意呀。”

这些对江歌来说一句道歉心就平衡了，可对他来说却是人生一件大事。他无力改变什么，只能承受。

李满全苦笑一下，低着头向前走去，江歌在他身后说：“满全，有空到我们宣传队来玩，大家伙经常念叨你。”

李满全回头冲江歌笑了一下，再也没回头，径直向师部走去。

李满全没再去过宣传队，有几次，他都走到宣传队门口了，看到立在小楼门前的牌子——某某部队思想文艺宣传队。他走了，勾着头想，自己和他们是两股道上跑的车，根本不是一路人。他只能认命了。

倘若，没有“江歌事件”发生，几个月后，他真的会卷铺盖卷走人。也许这就是李满全的命。

事件

许多年后，人们仍记得那个初春的傍晚。

出事了。

李满全先是听到警卫连紧急集合的哨声，接着看见列队的战士跑步出了营区，李满全下意识地扔掉了扫把，随警卫连的士兵跑出营门外。

出了营门，穿过一条马路，就是一片空旷的开阔地。开阔地其实种了庄稼，初春时节，种子刚刚播下，小苗刚破土而出，如果不是发生了紧急事件，在夕阳下望这片春意盎然的土地，会是另外一种心情。李满全看到警卫连的士兵，把这片玉米地包围了，他看见林松发疯地向一块沟坎跑去，后面跟着连长和指导员。他也跟随过去，跑到近前，看见地旁的一条沟，沟不深，刚发芽的小草已铺满了这条土沟。在土沟一块地上，有被践踏过的痕迹。

林松喝多了酒的样子，满脸和两眼通红，他仰着脖子，冲远处大骂了一句："我操你妈。"远处的士兵在这块玉米地周围搜索着。

不一会儿，派出所的一辆车停在玉米地旁的土路上，两个民警向这里走来。

其中一个年长的警察道："强奸现场就在这发生的？"

警卫连长点点头："应该是，这里有挣扎的痕迹。"

说完用手指着那块被践踏过的地方。

老警察从年轻警察手里接过几面小红旗，插在那块嫌疑的草地上说："这要保护好。"抬头看见了搜索中的战士道："不该这样呀，证据都被破坏了。"

林松大喊一声："不这样怎么办，等你们来，强奸犯早跑了。"

两个警察听了，脸就黑下来。

指导员忙上前，掏出烟敬两个警察，被摆手制止了，抬起头问："被害人呢？"

连长小声地："被害人是我们师长的女儿，这案子你们可要抓紧破呀。"

李满全在一旁听了这话，脑子里"轰隆"一声。直到这时，他才知道是江歌出事了。

他向师部走去时，腿沉得让他迈不开脚步，他说不清自己是如何挪回师部院内的。

那天晚上，整个师部都在流传着江歌被强奸的消息。事情的原由也被复原了。江歌是去镇上买东西，骑着自行车，镇子距离师部平时骑自行车的话，也就十几分钟的样子。师部门前的马路一直通向镇子，平时有干部、战士去镇里为了省时间，也会走玉米地旁的那条土路。土路是农民自己修的，方便种地和秋收用，江歌那天傍晚走的就是那条土路，结果就出事了。出事的时间正是傍晚，夕阳西下，机关刚吹响下班的号声，营院里正是热闹的时候。家属院响起了锅碗瓢盆的响动，机关食堂也准备开饭了。也许江歌急着赶近路回来，结果就在机关眼皮子底下出事了。

那些日子，流传的强奸犯也有几个不同版本。有人说，强奸犯就是附近村里的农民。还有人说，是流窜犯。也有人说，可能就是部队内部人干的。

不论怎么说，办案是要讲究证据的。

县公安局的警车出现在家属院门口两次，明眼人都知道，公安局的人是找江歌调查取证的。

师部机关也紧急集合了一次，包括师部的所有战士和年轻干部都站在了操场上，比每天出早操还要整齐。

师部机关大楼下停了两辆县公安局的警车，在清点完人数之后，公安局的人走到队列前，让所有人都伸出手，公安局人员仔细地无一漏网地查看过了，队伍才解散。后来有人说，强奸犯被江歌抓破了手。

这之后，便再也没有下文了。

李满全忧郁了，不知为什么，他再也高兴不起来了。他睁眼闭眼都是江歌的样子，江歌在台上唱歌，她的歌声是那么动听，在台下卸了妆的江歌是那么漂亮。她的高傲是另一种美，美得让人无法言说。在陪护江歌那段日子里，他把马香香忘得干干净净。他暗地里把马香香和江歌做过对比，简直没有可比性，一个天上一个地下，一个天鹅，另一个就是丑小鸭。光彩照人的江歌却出了这样的事，他为江歌心疼。他也想过强奸犯该是个什么样子，把好端端的江歌就这么毁了。他听人说，江歌一直呆在家里，以泪洗面。有许多次，他站在机关窗前向家属院方向张望着，看到了江歌家那扇窗户，他不知道江歌是否站在那扇窗户前以泪洗面。有几次他来到家属院门前，想看看江歌，走到门口时，他又犹豫了。知道这时他不适合出现，返身往回走，为自己的多情感到羞耻。江歌有江师长，有林松，有母亲，他算老几？但他还是为了江歌忧郁了。不知为什么，心里满满的都装了被害的江歌。

陪护

江师长依旧每日上班，在外人眼里，江师长还是以前的江师长，可走进办公室的门，江师长就不停地叹气，用手揉搓着憔悴的脸，江师长已经几夜没怎么睡觉了。江歌出了事，便把自己关在屋内，不停地哭，不吃不喝。这几日不知怎么了，江歌不哭了，头不梳脸不洗地坐在窗前不停地唱歌。她把在宣传队演出的歌又唱了一遍。江歌这个样子，怎么能让父母不担心。什么劝慰的话都说尽了，江歌似乎没听进去，就是那样子，不吃不喝地哼唱，只几天时间，漂亮高傲的江歌，已经变成了另外一个样子。

这期间，林松来过，带来了她平时爱吃的水果和鲜花。江歌一看见林松就像踩到了电门上，浑身抽搐着大喊大叫："你给我出去，我不认识你。"几次之后，林松不敢再登门了。

肖队长来过，宣传队平时要好的姐妹张小红等人也来过，他们一来，江歌把门关上，不仅不见，还在屋里拼命砸东西。害得没有人能接近她。

怕江歌做出过火的事，白天张老师寸步不离江歌。晚上，江师长搬了把椅子坐在江歌门口，一有风吹草动，马上起身去查看。几日下来，人就盯不住了。

这天傍晚下班之后，江师长和张老师面面相觑，谁也没有更好的办法，他们的身体和精神已经到了极限。

张老师就说："这样下去也不是个办法呀。"

江师长指挥千军万马都没犹豫过，面对女儿，他手足无措了。

张老师叹口气道："咱们身体再这样下去，都垮了，要不找个人来陪陪闺女吧。"

江师长抬眼望着张老师。

张老师这才又说："你们机关的公务员小李，李满全，从上次江歌回来，她一直说小李的好话，说这个战士会来事，把她照顾得很好，宣传队的人也都很喜欢他。"

江师长在犹豫着。

张老师抱怨道："上次宣传队演出回来，肖队长要给小李嘉奖，你拦下来了。我一直觉得对不住人家小李。"

江师长无奈地："我那是顾全大局，让小李去陪女儿，本身就不对，又大张旗鼓嘉奖，这像什么话。"

张老师换了个话题："江歌这个样子，也不知哪天能好，这样下去会把咱俩拖垮的。"

江师长不说话了，低下头抽烟，江歌在屋里又唱了起来。江师长深深叹了口气。窗外已经黑了，谁也没有心思去开灯，就那么默坐着。

李满全是第二天早晨上班时，被师长叫进办公室的，这是他第二次单独面对师长，第一次是师长派他去照顾江歌那次。

他毕恭毕敬地站在师长面前，江师长望着他，一瞬间有些走神，回过神之后，师长哑着声音道："小李，你坐下。"他的身旁就是沙发，师长接见客人时，客人都坐在沙发上。沙发前有茶几，摆了茶杯，这是师长没上班前，李满全清洗过的。他打扫卫生时，他坐过师长的沙发，不仅坐过师长的，师首长的沙发他都坐过，坐上去很舒服。师长让他坐下，他没坐，仍站在师长面前，他想师长这就是客气一下。师长又说："你坐下，小李。"口气坚定，不容置疑。他坐下了，欠着半个屁股，认真严肃地望着师长。

江师长这才靠在椅背上，还用手下意识地揉了揉头上的太阳穴。他看见师长满眼的血丝。

师长望了眼李满全："江歌出了点事，这事小李你听说了吧。"

李满全点下头，不敢直视师长的目光，望向别处。江歌被强奸，全师上下没人不知道，据说，公安局还没破获这个案子。

江师长叹口气小声地："江歌现在的状态不好，身体也不好。"

他把头低下，非常同情的样子，他觉得在师长面前不能装作无所谓，那有种落井下石的感觉。说心里话，江歌出了这样的事，他心里也不好过。无论怎样，他和江歌相处过一个月，他自认为江歌还算是他的朋友。有许多战友对江歌出事表现出一副幸灾乐祸的样子，觉得江歌该出事。谁让她那么优秀呢。他和战友争吵过，觉得他们不应该这样对待江歌。他想过去看看江歌，他都走到家属院门口了，又折了回来，他没有勇气去看江歌，也没资格。他听说，江歌现在谁也不见，甚至林排长。

江师长叹口气，一副很犯难的样子，他猜出了师长的心思，便说：师长，是不是派我去照顾江歌？为了江歌我干什么都愿意。他说完这话有几分后悔，觉得自己说错了，应该说："坚决完成师长交给的任务。"但话说出去了，后悔也没用了。

江师长听了他的话，还是很高兴："那就辛苦你小李了。"

他从沙发上站了起来，瞬间觉得身体又恢复了正常，这次斩钉截铁地道：保证完成任务。

师长又望了眼李满全："小李，那你现在就过去吧，你的工作暂时还由小卫接替。不行你再回来。"

师长说的小卫，就是上次他随宣传队慰问演出，暂时代替他工作的警卫连小卫。

他给师长敬了个礼，便退出师长办公室。他走出师部大楼，站在台阶上，他觉得身上的担子很重。这次的任务不同于上一次，江歌这回肯定受了刺激，也许自己没法完成师长交给的任务，但作为江歌的朋友，看一看总是应该的。他先去了军人服务社，买了一兜水果，有苹果和香蕉。他提着水果，敲开了江师长家的门。开门的是张老师，张老师一脸苦涩，手里还端了半碗稀粥，他进门叫了一声："张阿姨。"张老师把半碗粥放在茶几上，叹口气道："小李，又辛苦你了，上次江歌下部队回来，一直说你好话，说你脑子活，会照顾人，肯吃苦。"

他立在那忙说："阿姨，这么做是应该的。"

张老师抹了下眼泪："江歌出了这事，想不开，不吃不喝的好几天了，谁劝也不行，你帮阿姨劝劝吧。"

他看见一间门紧闭着，看来江歌就在里面了。

他小声地："阿姨你别急，我试试。"

他把水果放在茶几上，轻手轻脚地立在紧闭的门前，小声地："江分队长，我是小李。"

屋里没有动静。

他轻轻敲了下门又道："分队长，我来看你来了。"

屋里还是没有动静，他去望张老师，张老师坐在沙发上，用双手掩住脸正在流泪。他心里一阵难过，顿时觉得肩上的担子又重了几分。他回身搬了把椅子，坐在江歌门前，又一次开口："分队长，你不能为这点小事毁了自己，你这么年轻，歌唱得又好，咱们师的战士都羡慕你。我是两年半的老兵了，再过几个月就该复员了，复员回去还得当农民，你看你多好哇，这么年轻就提干了。你现在是军官，有一天你转业了，到了地方上，也是干部，我们这些战士和你没法比。分队长，你一定要爱惜自己，不要为了这点小事被打倒，太不值得了。分队长，我来看看你，你说句话呀。"

屋内终于有了动静，先是细碎的声响，接着传来了江歌的声音：你走吧，我现在谁也不想见。

张老师把手从脸上移开，这是出事后这么多天以来，江歌说出的唯一完整的话，她示意李满全继续说。

李满全站起来，把脸贴在门上："分队长，我最爱听你唱的那首《红梅赞》，不仅我爱听，干部、战士都爱听，都想做一枝红梅，红岩上红梅开，千里冰霜脚下踩，三九严寒何所惧，一片丹心向阳开。分队长，这歌词写得多好哇，你唱得也好，你唱这首歌是鼓舞我们要做一枝迎风傲雪的红梅，让我们学习红梅的精神。分队长，你也要做一枝红梅，越困难越要迎风绽放，你说是不是？"

屋内传出了江歌的啜泣声。

张老师也来到门前，谛听着屋内的动静。屋内江歌的啜泣声还在继续。

张老师又示意李满全再继续说，李满全又把脸贴到门上："分队长，听师长和阿姨说，你已经几天不吃不喝了。一个人不吃不喝最多能坚持七天，这是卫生队医生说的，你不吃不喝就会晕过去，到时医生就会给你输葡萄糖，那得多疼呀。你要再不吃不喝，阿姨就得给卫生队打电话了，医生就得来给你输液。阿姨为你煮了粥，还放了糖，你就吃一口吧，不为你自己，也要为那些爱听你唱歌的干部、战士想，他们还等你演出，听你的歌呢。”

江歌的屋内，有了脚步声，似乎就停在门前。

李满全又说：“分队长，你就吃口吧，人是铁，饭是钢。”

在这期间，张老师把那碗粥已经递到了李满全手上。

李满全又说：“分队长，你把门开一下，我把粥递给你好么？”

门突然开了，只开了可以让李满全托着粥碗的手伸进去。江歌从李满全的手上拿走了粥碗，门随后又关上了，又插上了插销。

张老师握住李满全的手，激动得又一次流出了眼泪，她小声地：“谢谢你小李，太谢谢了。”

李满全初战告捷，他松了口气，坐在沙发上开始削苹果。上次慰问演出，他也这样为江歌削过苹果，把苹果削好，切成均匀的小块，又插上牙签。他又一次来到江歌门前：“分队长，苹果削好了，你开一下门，我递给你。”

这次屋内却没了动静，他又说：“分队长，吃点水果吧，我刚从服务社买的，还新鲜着呢。”屋里仍没动静。

他只好把盘里装的水果放到门口道：“分队长，切好的水果就放在你门口，想吃开门拿一下。”

傍晚的时候，李满全又递进一碗张老师做的荷包蛋。这期间，江歌出门上了次厕所，她低着头，谁也不理。上完厕所，回到屋里把门又插上了。

无论如何，江歌开始吃东西了。

熄灯号吹响前，李满全离开师长家，回到了自己的宿舍。晚饭是在师长家吃的，和师长同桌吃饭，他紧张得端碗的手在发抖。他不去夹菜，张老师为他碗里夹了几次菜，不停地说：“小李，多吃菜，真的是谢谢你了。”师长也一改往日威严的神态，在饭桌上说了句：“小李，谢谢你。”他离开师长家时，张老师一直把他送到门口，一连气地说：“谢谢小李，明天一上班你就来呀……”

江歌吃了他送进去的两次饭，半碗粥和一碗面条。这是他一天工作的成绩，他也很满意今天的表现。他一天时间，说了许多话，当兵两年多来，他还是第一次一口气说了这么多话，他惊讶地发现，自己的口才还可以。那一晚，李满全睡得很踏实。

江师长一家也很安静，没听见江歌哭，也没听见她半夜唱歌。早晨醒来时，张老师冲师长说：“小李这战士真不错，会做工作。”

李满全和江师长脚前脚后，师长刚离开，他就敲响了师长家的门。早晨的稀饭和花卷是李满全递进去的，中餐江歌没开门，晚餐是大半碗米饭和一碗鸡蛋羹。江歌吃完还把碗筷递了出来。

江师长回家时，这一切都已经完成了。张老师见江歌基本恢复了常态，很高兴，做了几个菜，还给江师长倒了杯酒。吃完饭，李满全就告辞了，走到门口，回过身，还给站起来相送的师长敬了个礼。师长很满意的样子，在吃饭时，江师长过问了他的进步，问他有没有入党的事。他答了，入党申请书他入伍半年后就写了。满一年时，又写了一次。他们机关兵的组织关系在军务科，党支部也归军务科，他把写好的入党申请书交给了管理机关兵的胡参谋，写完之后，却一直没有动静。去年下半年，机关打字员小张入党了，小张入党后，还专门请机关兵吃了顿饭，他参加了。打字员小张和他是同年兵，看到小张进步，自己心里怎么也高兴不起来，眼看着再有几个月就该复员了，自己却什么收获都没有。在这之前，他已经做好了放弃的打算。

今晚师长却主动关心起了自己的进步，他的情绪又高涨起来，他似乎又看到了进步的希望。他哼着歌回到了自己的宿舍。今天江歌还算配合，一天时间里吃了两顿饭，上了两次厕所。虽然还不说话，也不搭理任何人，但跟之前绝食，精神不稳定相比，已经是天上地下了。照此发展，再过上十天半月，江歌也许又一切正常了。到那时，他也算是师长家的功臣了。这么想过了，李满全真的就高兴起来，今天离开师长家早，离熄灯号吹响还有一个多小时，他洗了衣服，换了一身干净衣服，他打算明天一早到师长家，帮张老师把卫生清扫一遍。这些日子，江歌的事让师长家乱了套，卫生都没有打扫。

就在这一晚，江歌的状态却再一次恶化了。

还是因为林松来看她。林松听说江歌情绪平稳，买了一堆礼物来看江歌。张老师见林松来家里，也想让林松劝一劝江歌，她想趁热打铁让江歌彻底好起来，结果，他在江歌门口还没说上几句话，屋内的江歌又一次哭闹起来。林松走后，她仍在哭闹，就这样，江歌哭了整整一宿。

第二天，李满全又一次走进师长家时，正听见江歌在屋内抽泣，他尝试着接过张老师手里的半碗粥，站在江歌门口："分队长，我是小李，请你开下门。"

这一次，江歌没能如约开门，哭叫声更大了。张老师愁眉不展地："昨晚林松来了一趟，江歌就又这样了。"

一天的时间，李满全都在努力说服江歌开门，江歌却一直没有开门，不停地在屋内哭泣，甚至一趟厕所都没上。

江师长和张老师已无可奈何，甚至有些崩溃了，那一晚，李满全没有离开师长家，他搬了把椅子坐在江歌门前守护着。夜晚，一家人睡下了，江歌屋内暂时也安静了。李满全望着师长家的房间，这是四室一厅的房子，江歌住一间，师长和张老师住一间，另外两间就空着。一间布置得跟客房一样，白天聊天时张老师说过，另外一间是留给江歌哥嫂的。江歌的哥哥在市里工作，偶尔会回来住一晚上。

他盯着江歌紧闭的房门，想到江歌一出生就生在了师长家，从小到大没受过什么委屈，甚至没有为自己的前途发过愁，初中毕业就参军，在宣传队唱歌跳舞，几年之后又提干。如果不发生这次意外，几年之后她会和林松结婚，在师机关，所有人都知道，她和林松是般配的一对。这样的日子，李满全想都不敢想。他最大的愿望是能和马香香好，即便不能入党提干，在靠山大队谋个事情做，也比一般农民要体面许多。最近马香香的信来得越来越少了，之前一个月能来上两封，现在一个月有时一封也来不上了。李满全心里明白，自己再有几个月就该退伍了，自己空着手回去，马香香肯定看不上自己。从始至终，马香香关心的是他入党提干。前几天，他把马香香这两年多来的信都翻出来了，一封封地看，没有一封信是和他谈情说爱的。他终有千般热情，马香香并不接招，三言两语之后，一定是会写：你要努力工作，争取早日入党提干。最近这几封信却换了口气，不是希望他早日入党提干了，而是说：你入党提干还有希望了么？每封信就像在责备鞭策，有时，他收到马香香的信都懒得打开了，不用看他都知道信里写的什么内容。李满全为自己感到悲哀，自己营造出来的爱情已经土崩瓦解了。他盘算着以后的日子。

也许到了后半夜，李满全坐在椅子上迷迷糊糊地睡着了，他睁开眼睛，突然发现江歌的门是开着的。虽然只是虚掩着，借助外面的光亮仍能看见江歌的床上是空的，他心一惊，站起来，这时他听见厕所传来冲水声。他忙迎上去，江歌披头散发的从洗手间走出来，她穿着睡衣，睡衣外披了件军装上衣，她看到李满全也怔了一下。江歌走到自己门口时，小声地：你回去吧。

他说："不，我要陪着你。"

江歌走进门里，关门前深深地看了他一眼，说了句："我睡不着。"

他又说了句："我陪着你。"

江歌转身上床了，门却没关上。

他犹豫一下，搬着椅子试探着走进去，放下椅子，坐到了江歌床前。

江歌低声说了句："把门关上。"

他忙回身把门关上了。

他坐下望着江歌。

江歌倚在床上，睁着眼睛，她说："我怕睡着，一睡着就做噩梦，陪我说说话吧。"

他突然觉得和江歌亲近起来，宣传队下部队演出那次，他没这么近距离和江歌相处过。他从哨所背她下山，整整两三个小时的路程，他没歇一口气。那次他脚崴了，肿胀了几天，那次，她只对他说："谢谢。"这一切，对江歌来说已经习以为常了。

此时，他面对着不敢睡觉的江歌，他觉得江歌就是个小孩，需要他，离不开他。他感到幸福，他喉头发紧，鼻子发酸，他就那么叫了声："分队长。"他的眼泪差点掉下来。他忍了忍才又说："分队长，你不能这样，发生了那件事，说大就大，说小就小。"他在嘴里掂量过，强奸一词该怎么说出口，最后，在他嘴里把强奸换成了"那件事"。他观察着江歌的反应又说："就当自己摔了一跤，摔疼自己了，是吧，咱不能为这件小事折磨自己，你越想越大，不想它就没了。”

江歌突然说：“你去卫生队帮我开点安眠药吧，我想睡觉。”

李满全站起来，说了句：“行，那你等我啊。”

李满全轻手轻脚地开门，又轻轻把门带上。卫生队是师机关的医疗单位，平时干部、战士有病都到这里看病。李满全叫醒了值班医生，医生听说江歌要开药，忙起来去药房拿药，很快，医生把药拿来，说了服药方法之后，又问：“江歌现在怎么样？”

江歌发生那件事之后，全师机关的人都在打听江歌的事，背后也在议论，说什么的都有。他不想在外人面前说更多，觉得这是出卖江歌，他只淡淡地说一句：“没啥，就是睡不好。”转身走了，医生在他身后说：“这是应激反应。”他没再回头，转身消失在了夜色中。

他轻手轻脚地回到师长家门前时，还没等敲门，江歌突然把门打开了。他把药放到江歌手里，又在厨房里倒了杯水递给江歌。交代道：“医生说吃一粒就行。”江歌抓起两粒送到嘴里，又喝了口水，冲他说：“我要睡觉了，你回去吧。”

江歌说完关上屋门，他听见江歌上床的声音，然后再也没有动静了。

他又坐到门口那把椅子上，渐渐又睡去了。起床号吹响时，他也醒了，师长和张老师从房间里走出来，昨晚江歌没哭没闹，两人睡得一定很踏实。

张老师冲他说：“小李，辛苦你一晚，快回去睡一觉吧。”

他看眼江歌关紧的门道：“分队长昨晚吃了两粒安眠药，已经睡了，别打扰她了。”

师长和张老师一起点点头，异样地望着他离开。

虽然一夜没休息好，此时的李满全一点也不困，他有种成就感，这种感觉让他兴奋。一路上，他嘴里甚至哼起了歌。走回宿舍，同宿舍的人早出去了，他躺在床上仍睡不着，莫名的兴奋让他无法睡眠。他想着江歌，想着师长一家，他突然竟有一种幸福感。

变奏

江歌的情绪似乎稳定了许多，吃饭休息已接近正常，除李满全外，她还是不见任何人。李满全每天早晨来，张老师做好的早点由他端到江歌的房间，李满全陪她吃完早饭，走出来，把餐具洗干净，放在厨房里，张老师坐在沙发上，看着他做的一切。李满全立在江歌门口，用手指了指门，张老师点点头，李满全就轻轻推门进去了，不时地传来两人的说笑声。张老师蹑手蹑脚地走近江歌的房门，她似乎听到了江歌的笑声。她的心宽慰起来，便忙别的事去了。

李满全正给江歌讲自己在新兵连的故事，他讲一个战友无论怎么训练走路就是顺拐，班长没办法了，就在他手上系上了红布条和绿布条，喊口令不是一二一，而变成了红绿红，惹得江歌不停地笑。

江歌也说自己，说宣传队里的张小红参军时年龄最小才十四岁，还尿床。肖队长那会儿是支队长，去检查内务卫生，她坐在床上就是不下来。

两人不停地说笑着，仿佛江歌忘记了那件事。晚上了，他还要看着江歌把两粒安眠药吃了，躺在床上，关上灯，他才离开江歌的房间。师长和张老师正在沙发上坐着，看见他出来，张老师就说："辛苦你了小李。"他忙答："应该的。"他向师长敬个礼，转身走了。

晚上，张老师和师长躺在床上自言自语地说："老江，你说这事也怪了，江歌谁都不见，却和这个小李有说有笑。"

师长"嗯"了一声。

张老师又说："上次陪江歌下部队演出，他表现就不错，这次他可救了咱们全家了。"

师长又"嗯"了一声。

张老师："想个法帮下小李吧，我听他说家是农村的，看着也不容易的。"

张老师还想说什么，师长已经打起了鼾，经历过行军打仗的人，头沾枕头就能睡着。江师长是解放战争时期参的军，后来又经历了抗美援朝，从一个战士一直干到了师长的职位。全师的官兵都佩服江师长的资历，江师长在师里就很有权威。

李满全每天到师长家上班已经成了常态，机关有好事的干部、战士向他打听江歌的情况，他每次都说："挺好的，过几天就去宣传队正常工作了。"此时，江歌在他心里，仿佛成了自己的家人，不允许任何人说江歌一句不好。有一次收发室的小王试探地问他："江歌是不是被人搞怀孕了？"他顿时怒了，抓着小王的脖领子道："不许胡说。"弄得小王不停地向他求饶。他松开手，小王还不停地咳着，脸都白了。

直到他见到江歌，坐到江歌的床前他心里才踏实。到江歌这每天像上班一样，他突然想起已经好久没有给马香香写信了。他一大早来，到熄灯号吹响前才走，他的确也没时间给马香香写信，他现在心思都在江歌身上。

有一天早晨，他正要去师长家，军务科的胡参谋找到他道：小李，写份入党申请书吧，写好快交给我。

胡参谋走后，他怔了有几秒钟，以前他也写过几次入党申请书，交给胡参谋时，他并不上心，随便把入党申请书往桌边一放道："放这吧。"甚至头都不抬一下。这次胡参谋却主动找到他，说得这么认真和急切。

这件事他和江歌说了，江歌也替他高兴，江歌虽然年龄不大，却是老党员了。十五岁参军，十八岁就入党了。江歌立马找来纸笔，教李满全一字一句地写入党申请书。

这件事过去不久，军务科长又找他谈了一次话，军务科长是支部书记。事后他才知道，这是入党前谈话。

"七一"前夕，胡参谋把一份自愿入党书交给他填写。在江歌的指导下，他一笔一画地填好。江歌说："小李，恭喜你，你填完表就算入党了。"

他如同梦游，自己朝思暮想的入党，这一步他就算跨过来了。恍恍惚惚的仿佛在梦里。

七月一日，是党的生日，他在军务科长带领下，向党旗宣了誓，他终于成为一名中共党员。第一个月他交了五分钱的党费。交到胡参谋手里，胡参谋有一个党费本，最后一个格子里写着他的名字，他签了字，从胡参谋办公室里走出来，整个人感觉都不一样了。那天晚上，他躲在被窝里给马香香写了一封信，向她通报了自己入党的消息。很快马香香就回了信。以前她每次回信只三言两语，这次写满了一整页纸，祝贺他之外，还关心了他的身体，同时又提出希望，希望他早日提干。李满全顿时悲凉起来，现在都七月份了，三年前是十一月份入的伍，再过三个月他就该复员了。带着党员的身份回到生他养他的靠山大队。

入了党他的情绪反而不高了，江歌发现了他的情绪，劝慰他道："凡事都有例外，也许你今年不会复员呢。"他苦笑一下，悄悄地做好了复员的准备，比如去照相馆拍一些穿军装的照片，到县城里玩一玩。这是即将复员老兵通常的做法。

八月份的时候，他陪着江歌去了一次宣传队，补交了两个月的党费，又领了自己的工资。宣传队她两个多月没来了，张小红等人一起围了上来，问长问短，嘘寒问暖。江歌却高兴不起来，回来就说头晕头疼，然后又躺在床上闷闷不乐的样子。

林松几次想来看江歌，因为前车之鉴，都被张老师拦住了。林松只好向李满全打听江歌的情况，李满全只能一五一十地把江歌最近身体和精神情况向林松排长说了。林松排长就叹气，脸上是一层焦虑。

林松走后，他望着林松背影，又想到了江歌，心想，他们是多么合适的一对呀。不仅他这么认为，全师认识他们的干部、战士都这么认为。他一直不明白，江歌为什么不愿意见林松？这是他心里最大的疑惑，但他又不敢问江歌，当然答案只有江歌一人知道。

有一天，他又见到林松，林松很生气的样子，对李满全说："我去公安局找那帮饭桶了。"李满全就问："公安局怎么说，还没抓到那个坏人么?"强奸犯到了嘴边，他换成了坏人。林松啐了一口："妈的，都是帮混饭吃的，说成了悬案了。"林松气哼哼走了。他望着林松的背影，心里也不舒服，抓不到强奸犯就不能替江歌出气。他有些同情江歌了。

峰回路转

转眼到了九月份，再有一个月就该复员了，和李满全同年入伍的兵，似乎一下子放松下来。当初每个人参军时，都怀着梦想，此时梦想已经远离，就没有了奋斗目标，要求的不像以前那么严格了。单位的领导对即将复员的兵，也睁只眼闭只眼，连队平时请假外出只能是周末，老兵却例外。即将复员的老兵便不断地请假外出，其实许多老兵并没有什么事，就是为了转一转，觉得当回兵即将复员了，还没到驻军附近的县城和市里转一转就亏了。

收发室的小王也即将复员了，单位又派了名新兵来到收发室，小王带着新兵熟悉业务，分发完信件之后，给机关连队科室送报纸和信件。新兵背着布袋走在前面，小王悠闲地跟在后面。

李满全去军人服务社为江歌买水果，碰到小王悠闲地走过来，也看见了他，小王冲新兵吩咐道："你先去。"新兵应一声走了，他在等走过来的李满全，小王斜着眼打量着拎着香蕉和苹果的李满全道：满全，再有二十几天就该复员了，你这还忙活呢。

李满全立住脚："复员就走呗，一个背包，来时啥样，走时还啥样。"

小王又说："我们几个老兵商量好了，周末要出去聚一次，你不参加?”

小王说的几个老兵,是他们同一年入伍一个县里的老乡,平时走动多一些。

小王这么说,李满全有些为难,他现在的任务是照顾江歌,虽然江歌比以前精神状态好了许多,但师长没发话,他只能坚持在岗位上。况且自己刚刚入党,和别人的要求自然不能一样,他笑笑冲小王说:“我这有任务在身,替我给老乡们问好,我就不去了。”

说完就走了,小王望着李满全的背影,一脸不屑,摇摇头嘀咕句:“不就是入个党么。”然后也走了。

江歌比以前好了许多,不仅打开自己房间的门,还能走到客厅沙发上坐一坐。江歌的那件事发生在春天,现在已经是秋天了,江歌有一天扒在窗前向外望着。

李满全把削好的一个苹果用两指捏着递给江歌,江歌没有接苹果,仍望着窗外道:“你要复员了吧?”他听了江歌的话应道:“就是,再有不到一个月,我们这批老兵就该复员了。”

江歌突然转过身子,盯紧他道:“时间过得真快,一晃你都要复员了。”

他点头又说:“我们同批的老兵都准备复员的事了,有的出去照相,有的聚餐,可忙了。”

江歌突然想起什么,跑到自己房间,在柜子里找出一架海鸥牌相机,拎着相机道:“满全,明天要不我陪你照相去?”

他一下子怔住了,两个指头还捏着苹果。在厨房忙碌的张老师,围着围裙走出来道:“好好,江歌你陪小李照相,出去好好玩玩。”

见张老师这么说，他才应道：“你要是想出去，咱们就出去拍照去。”

江歌一下子雀跃起来，两人开始计划明天的出行。

张老师更高兴，她希望江歌能像正常人一样走出家门，自从上次江歌出了那件事，她就没去过宣传队。师长和张老师为女儿揪着心，江歌要是因为这件事不能过正常人的生活，他们会难过后半辈子。

两人做好了明天外出的计划，对江歌来说似乎出了一次远门。

张老师也张罗着明天江歌外出的事宜，酱了一块牛肉，装在袋子里，又把两根黄瓜和西红柿洗干净，装在一起。

晚上，她把江歌明天要出门的事和江师长说了，江师长也感到很高兴。两人商量来商量去，还是不放心，怕女儿触景生情，又想起半年前的遭遇。江师长当即决定，派自己的专车送江歌和李满全出去，江歌有什么事，多个司机也好照应。

第二天一早，李满全和江歌坐着师长的专车，一辆绿色的吉普车就出发了。李满全坐在副驾驶的位置上，和江歌、司机三个人有说有笑地出发了。

两人来到县城公园，先是江歌为李满全拍照，树下、湖边都拍了。后来，李满全又为江歌拍照。

江歌后来又提议，两个人拍个合影，这张合影是司机为他们拍的，两人站在一棵树下，对镜头微笑着。

后来他们又逛了会省城，已过中午了，他们还没吃饭，张老师带的酱牛肉和黄瓜西红柿放在车上。

李满全提议，去饭馆吃顿饭。江歌也同意了，在这期间，李满全借上厕所走出饭馆，转身走进一家百货商店，他想买件纪念品送给江歌。转了一圈也没找到一件合适的东西，他突然看到了卖半导体收音机的柜台，他看中了一台红色的熊猫牌半导体收音机，他一看见就喜欢上了，买了下来，装在挎包里回到了饭店。结账时，他执意要结，后来还是江歌结了账。她的理由是，她是干部挣工资。吃完饭，江歌意犹未尽地坐上车回来了。临下车时，江歌把两个胶卷交给了司机，让他帮忙去冲洗，她特意关照，她和李满全的合影一定洗双份。司机走了，两人回到了江歌家。进门后，李满全才把半导体收音机拿出来，递给江歌道："分队长，没什么好送你的，这台收音机留着做个纪念吧，没事就听一听。"

江歌接过收音机把玩着，她拧开开关，里面传出样板戏《红灯记》李铁梅的唱段，江歌望着他顿时红了眼圈。

李满全就说："我走了，让收音机陪着你。"这半年来，他已经习惯和江歌在一起了，真的要离开了，他有种说不清的滋味，是留恋亦或别的什么情绪，他真有点说不清。他突然想到，马香香已经有一个月没有给他来信了，想到这他又回到了现实。

晚上吃饭时，江歌和父母说着今天出门的见闻，仿佛县城她从来都没有去过。看见江歌这么高兴，师长和张老师也替女儿高兴，照此下去，江歌离恢复正常一定不会远了。

该来的一定要来了，转眼李满全就要复员了。那天下午，他看着有说有笑的江歌说："分队长，再唱支歌吧，明天我就要走了，算是留给我的纪念。"

江歌想了想道："你想听什么？"

他就说："就唱那首《沂蒙颂》吧。"

江歌站起来，清清嗓子就唱上了："蒙山高，沂水长……"

李满全听着歌，仿佛又回到了靠山大队，家乡有山也有水。

那天晚上，师长刚下班回来，李满全就告辞了，他要参加复员老兵聚餐。他真的要跟师长一家告别了。

他先冲张老师鞠了一躬，又给师长敬个礼，望眼江歌道："分队长，以后我可以给你写信么？"

江歌忍住泪点了点头。他笑了一下，又冲师长和张老师道："师长，阿姨，再见了，谢谢你们对我的信任，以后有事还吩咐我，我一定照办。"说完走到门口，又深鞠一躬转身走了。

江师长一家吃饭时，张老师满口都是感激李满全的话："这小伙子真不错，江歌多亏了有他陪伴。"

江师长叹口气："铁打的营盘，流水的兵，当兵的人谁也免不了有这一天。"

江歌那晚情绪不高，没怎么吃饭，早早把自己关在房间里，打开收音机听。

第二天一早，复员退伍的兵列队站在了一起，他们摘去领章帽徽，背着行李，手提旅行袋，李满全觉得自己又成了一名新兵。第一天到部队时，他们从卡车上下来，也是站在这里。三年过去了，恍惚又回到了起点。军务科胡参谋下达了登车的命令，他们依次上车。卡车已经发动了，李满全最后打量了一眼军营。三年的故事都装在这一瞬间，最后他的目光望向了家属院，寻找到了师长那栋楼房。他分辨着窗口，寻找到江歌的房间，目光就定在那里。他最后一刻想，此时江歌在做什么？又一声令下，车辆启动了，驶出军营。三辆卡车，正如三年前从火车站驶出一样。

江歌目光越过窗子，一直望着营院方向，她看见车辆出发了，收音机打开了，唱的是《花为媒》片段。

送老兵的车驶出营院大门，再也看不见了，她的泪水就流下来了，无法控制，也无法掩饰，她也说不清自己为什么要流泪。她把房门关上了，躺在床上，蒙上被子，她放声地痛哭起来，所有的哀伤又一次把她包围了。

张老师惊恐地站在江歌门前，她在拍门，江歌不理，专心致志地沉浸在自己的哀伤之中。张老师在门前拍了一会儿，又叫了一会儿，江歌仍不开门，仿佛又回到了两个月前。她不知道江歌发生了什么，拿起电话接通了江师长办公室，她把江歌这一变化告诉了江师长。

不一会儿，江师长回来了，他站在江歌门前，一声声叫着，没有应答，只有压抑的哭声。江师长背着手在屋内踱步，每次遇到重大决定前，江师长都要这么踱步。

张老师眼里汪着泪水无助地望着江师长道："小歌前几天还好好的，怎么突然就这样了？"

江师长仍在踱。

张老师又说："本想着这几天让她去宣传队上班。"

张老师急得掉下了眼泪，她抬起头无助地望着师长的身影道：是不是小李复员了，把她闪着了。

江师长停下脚步，脸上的肌肉抽动了一下，他望眼江歌的门，收音机里的声音断断续续地传了出来，唱的是评剧《刘巧儿》片段。

张老师一边抹着眼泪一边说："要是小歌有事，我也不活了。"她靠在沙发上，泪水又流了下来。

江师长咬了咬牙道："你等着。"

师长快步离开家，几乎跑步来到了自己的办公室。很快胡参谋坐着师长的吉普车快速地驶离营院。

没过多久，师长的车又驶回了营院，车上多了李满全和他的行李。车径直驶向了家属院，李满全跑步奔向了师长家。在车上，胡参谋已经把江歌不好的消息告诉了李满全。他心急如焚，恨不能立马见到江歌。

当他敲响师长家门时，门马上就开了，张老师听见李满全的脚步声，已经守在门口了。李满全满头是汗地喊了一声“阿姨”，便站在江歌的门前，像以前一样，敲响了江歌的房门。奇迹发生了，江歌的哭声戛然而止了，接着又听见她下地的声音。门突然开了，江歌红肿着眼睛站在门前，望着没了领花和肩章的李满全。抽泣地道：“满全，你又回来了。”

李满全点点头，望着江歌的样子，他忍不住地把泪水含在了眼里。

江歌犹豫地：“那你还走么？”

李满全没有回答江歌的话，说了句：“我本打算到家之后再来看你。”

李满全没忍住，泪水流了下来。

李满全回来了，江歌又恢复了正常，又有说有笑起来。

一天后，军务科下了纸命令：延长李满全服役年限一年。李满全又是一个兵了。胡参谋在他面前宣布完命令那一刻，离开他的宿舍。他把门关上，跪在地上，冲家属院方向磕了三个响头。他感激师长、张老师和江歌。因为江歌，他又留队了。留队意味着提干又有了新的希望，许多提干的老兵都是从延长服役年限开始的。

许多年之后，李满全问过江歌："我一走，你怎么就不行了？"

江歌平淡地说："那会我觉得心里没有依靠，害怕。"

他又问："不是还有林松么？"

她说："那件事发生后，我知道再也配不上林松了。我不敢见他，怕见他。"

天与地

1979年元旦之后，林松排长调离了师部警卫连，去军区报到了。

人们这才知道，林松的父亲林参谋长又恢复工作了。

林松走之前一直很低调，办完调动手续，他去师长办公室告别，江师长显得很激动，让林松坐在沙发上道："你爸林副参谋长能出来工作，我很高兴。"他在地上踱着。林参谋长恢复工作他早些日子就听说了，他为这个老领导高兴。

林松站起来，给师长敬个礼道："师长，在我家最困难的时候你收留了我，我一辈子都感谢你。我代表我父亲，对你说声谢谢。"

江师长摆下手，坐在办公桌后的椅子上："晚上让你阿姨炒俩菜，咱们一起聚聚。"

林松沉吟了一下，低下头："我就不去了，江歌不想见我。"

江师长意识到什么，叹口气，江歌出事大半年多了，精神状态时好时坏，很不稳定，他一直搞不明白，江歌为什么这么怕见林松。

林松告辞了，机关派了辆车送林松去火车站。林松就这么悄悄走了。

江歌知道这条消息时，是几天后，父亲在家里接了林松父亲一个电话，两人聊了很久。言辞之间，她听到林松被调走的消息，她悄悄地回到自己屋内，蒙上被子哭了。她在向自己告别，向林松告别。

江师长和张老师没人知道江歌在哭泣，江歌蒙着被子哭泣时，收音机一直开着。

第二天一早，江歌平静地冲江师长和张老师说："我要回宣传队了。"

她说这话时，一家人正在吃早餐，江师长和张老师愣怔一下。张老师不信任似的又追问了一句："真的？"

江歌又补充了句："我今天就去。"

张老师放下筷子，捂着嘴哭了。

江师长也是一副激动的样子。

吃完饭，李满全就来了。他听说江歌要去宣传队上班，也显得惊讶。江歌已经把自己的日用品和衣服收拾出来了，李满全便拿着江歌的东西随江歌走出门去。

江歌刚出门，江师长一个电话打到宣传队肖队长办公室。他示意肖队长，不要过多关怀江歌，和以前一样该干什么就干什么。肖队长不停地在电话另一端说："明白首长，是，首长。"

江师长放下电话，心情仍不能平息，他背着手在客厅里走来走去。大半年时间，江歌的事让他和张老师承受了太多的压力。张老师到现在仍在抽泣着。江师长终于坐下，点燃一支烟，平时他从不在家吸烟，今天是个例外。张老师忙把烟缸从茶几下拿上来。

张老师说："太不容易了，大半年了。"

师长吸口烟，浓浓的。

张老师又说："咋说好就好了。"

师长说："嗯。"

张老师："多亏了小李，这大半年了，天天就那么陪着，比我这当妈的做得还好。"

江师长道："她这么快好了，可能和林松有关，他一走，江歌就好了。"

张老师叹气："这事过去了，江歌好了比啥都强。"

半晌张老师又道："小李真不错，咱们别卸磨杀驴，万一小歌又有什么，咱们还得找小李帮忙。"

师长把烟头摁死在烟灰缸里，站起身来说："我心里有数。"

上班的号声响了，师长轻松地走出门去，在门口换上皮鞋，台阶便一路响下去。张老师听着这熟悉的皮鞋声，心里感到前所未有的踏实。大半年了，师长的皮鞋声又一次响亮起来。之前，江师长都蹑着脚走路。

师长走了，张老师心一直不安，她总觉得会有什么事情发生，她一会看看家里的电话，电话静静地卧在那，她几次拿起听筒，听到总机员亲切地道："首长，你要接哪里？"她没说话又把电话放下了。

一天也没发生什么事，晚饭时，江歌打了一个电话。江歌在电话里说："妈，我住宿舍了，晚上不回去了。"她忙冲电话里说道："哎哎哎……"

江歌恢复了正常，师长和张老师渐渐地又恢复到了以前的状态。

一进入二月，上级的电报指示不断地传来，部队要调防，向北部边境开拔。上级指示，基层干部要执行满编制，一切按照战时执行。整个部队顿时紧张起来。满编制，意味着一个萝卜一个坑，不能缺少编制。战时执行，又意味着不仅满编，还要超编。这是战场上的需要。

师党委召开了紧急会议，会议的结果是宣布了一批命令，其中就干部任免一项，李满全就在这批提干的任命中。他的任命是：警卫连排长，接替刚调走的林松。

胡参谋把这一消息告诉他时，他正在机关楼道里打扫卫生。江歌恢复了正常，他也恢复了机关公务员的身份。李满全手里的拖布掉在了地上，他盯着胡参谋："胡参谋，你没开玩笑吧？"胡参谋又道："干部科通知你去谈话。"

他走进机关干部科，见到白纸黑字的命令时，他才如梦方醒。干部科长谈了什么已经不记得了，他只记住了自己现在是警卫连的排长了，并即刻报到。

两天后，部队出发了，北上向着边境方向。

二月十七号，对越自卫反击战打响了，广播报纸铺天盖地都是南线战势的消息。

北线边境，亦陈兵百万，随时应付可能发生的战事。

刚刚提升排长的李满全被眼前的紧张掩盖了刚提干的喜悦。

李满全知道，他的命运转折一切都是因为江歌，如果江歌没有发生那件事，他会和所有同年兵一样回老家。他感谢江歌，也感谢江歌一家。他们是自己第一个贵人。

时过境迁

两个月后，在北部边陲执行任务的部队，又调回到了原驻地。南疆的战事已近平息，生活似乎又恢复到原来的样子。

李满全却和原来不一样了，他现在已经是警卫连的排长了，两个兜的军装，换成了四个，还有一双皮鞋，是三节头的。在县城的小摊上钉了后掌，军官的皮鞋四年发一双，为了爱惜皮鞋，军官们一律把后鞋掌钉上了铁掌，走在水泥马路上就有声有色。李满全当战士时，分辨战士、干部的脚步声就是通过鞋掌来分辨的。他现在也穿着一双钉了铁掌的皮鞋，走在路上咔咔有声，人就显得跟以前不一样了，身体挺拔着，显得威风凛凛。

威风凛凛的李满全走在营区里，不时有战士向他敬礼，他停下认真地还礼。部队条例规定，遇到上级必须敬礼。以前的李满全只要遇到军官，他一律停下认真敬礼。现在轮到别人给他敬礼了，他的腰眼又往上挺了挺。

他心里清楚，自己能有今天，是师长一家的作用，他打心眼里感谢师长一家人。因为跟师长的特殊关系，部队调防回来，恢复原样后，每逢周末他都要去师长家坐一坐，网兜里提一串香蕉或者几个苹果，迈着有声有色的脚步声向师长家走去。一走进师长家的楼道，他就踮起脚尖，努力让自己的声音变小。每个楼层都住着师首长，比他大了好多级，一个天上一个地下，没法比。到了师长家门前，他先轻敲两下门，然后亮着嗓子在门外喊一声：报告。门就开了，他满脸是笑地走进去，见到师长敬礼，见到张老师叫阿姨，热络亲切得很。有时江歌也在家，他和江歌的关系自然也不一般，江歌有时把他让到自己房间，两人关起门来说会话，聊的无非是各自单位发生的好玩的事。江歌坐在床沿上，已经换成了便装，头发披散下来。他穿一身军装，坐在椅子上，听江歌说笑。江歌此时看样子完全正常了，但她眉眼间仍留有一丝愁容挥之不去，正说笑着，突然会停下来，望着他发上一阵子呆。

这会他就没话找话地把她拉回来。

两人说笑一会，张老师就在外面喊："开饭了。"

他起身走到客厅要告辞，有时师长或者张老师会说："在家里吃吧。"他听到家里这个词，心里热烘烘的，有时他也会留下来，坐在桌子一角，留在师长家吃饭已经不陌生了，照顾江歌时，他多次留在师长家吃饭。张老师拿出一瓶酒，又拿出两只杯子，他就推脱道："阿姨，我不喝，晚上还要查岗。"

张老师就命令地说："少喝点。"

他给师长杯里倒满酒，给自己杯里也倒上一点。一张桌子，坐着四个人，江歌在他身旁，江歌身上女人特有的香气阵阵扑过来，他很受用的样子。他陪师长喝酒，师长吃饭不说什么话，喝杯酒，吃菜又吃饭，几杯酒之后，饭已下去了大半碗。他每次只象征性地喝上三小杯，无论张老师怎么劝，他也不再喝了。李满全提醒自己，要有分寸。他一直有分寸地把握自己。

师长一放下筷子，他忙拿过师长的碗去洗，等张老师和江歌吃完，他的碗筷已经都洗完了，帮张老师又收拾桌子。一切就绪之后，师长坐在沙发上看报纸，张老师拿过一件毛衣也坐在沙发上。他知道自己该告辞了，他站在门口，叫了一声："阿姨。"给师长敬个礼。又望着江歌道："我回连队了。"

他走到门口，开门，又把门轻轻带上，在这期间，师长不抬头，张老师抬下头会说："满全，有空就过来。"

江歌会把他送到门口，挥下手，他关上门，踮着脚一直走到楼下，才把脚放平，有声有色地向警卫连走去。

因为他和师长家特殊的关系，许多干部都高看他一眼，包括警卫连的连长、指导员每次开干部会，三个排长当中，总是第一个征求他的意见。笑问道："李排长，你看呢，有什么意见?"他知道自己的身份，站起来答道："我完全同意连长、指导员的意见。"说完又郑重坐下。

渐渐地，干部、战士都在暗地里相传，他和江歌已经恋爱了，他是师长未来女婿了。林松排长在时，所有人都认为林松和江歌是一对，议论不议论，就是这个结果，人们也没什么好议论的。自从江歌发生了那件事，林松调走，他提干，人们开始议论他了。他知道人们的议论。

关于江歌，在这之前他没敢有任何奢望，她在他眼里，一个天上一个地下，虽然江歌发生了那件事，对他来说江歌仍遥不可及。

现在不一样了，他提干了，是军官了。他是排级干部，江歌也是排级干部，论职位两人是平级。他有时会想，要是自己真跟江歌好了，会怎么样？想到这，他就想到江歌发生的那件事。师部院外那片玉米地事发时他去过，看到了一片刚长出玉米苗的地上被践踏得乱七八糟，这两个垄沟之间有一块被压平的地方，一定是江歌被强暴的地方。这件事之后，有人说是一个流窜犯做的案，这人有三四十岁了，长着一脸胡子，样子凶神恶煞。到底是什么样的人强暴了江歌，公安局仍然没有破案，仍然是个谜。现在李满全每每想起江歌被强暴的场景，他心里就乱七八糟的。

马香香现在每周都有信来，他提干命令刚下，部队就调到边境执行任务，为了保密，他没有给家里写过信。直到队伍回到原驻地，才把自己提干的消息告诉了父母。父母知道了，整个村子就知道了。

马香香的信一反常态，之前每次给李满全回信，一页纸只写半页，现在不一样了，她的来信，每次都会写两页。不仅和他交流学习、身体，还说盼望他早日探亲，自己和父亲马主任已经商量了，等他探亲就搞一次定亲仪式。

此时的李满全心境和以前已经大不一样了，没提干时，他觉得马香香是自己高攀的对象，为了以后回靠山大队仰仗马主任能有个出路。现在他是干部了，是军官，即便转业回乡，自己也是干部身份。一想到这里，就觉得马香香配不上自己了，他此时觉得，无论如何，也要找一个门当户对的人结婚。

部队有许多干部，有两种情况，有的在老家找女朋友，大部分都是在城镇里找，比如，教师、医院护士、银行职员什么的。也有一部分在驻军当地县市里找，大都也是一些机关、学校工作的人，对于赤脚医生一类的人员根本不会考虑。李满全此时，也不想考虑马香香了，之前爱情之火，瞬间降到了冰点。之前马香香在他眼里就是女皇，此时就是一个配不上干部身份的赤脚医生。之前的热情瞬间化为乌有了。面对马香香热情洋溢的来信，一月半月才回上一封，回信的内容也千篇一律，两人的关系颠倒过来了。

李满全现在想得最多的是把江歌和马香香对比。虽然江歌有过那件事，掂量来，比量去，江歌也比马香香强上十万八千里。李满全也想过，即便江歌心里没自己，他也要回老家县城找一个铁饭碗的姑娘成家立业。此时的马香香在他心里已经成了一个多余的人了。他甚至害怕马香香来信，一拿到马香香的信，心里就不舒服。想起了过去那么巴结马香香，他为自己当初的行为后悔了。他也奇怪，感情这东西怎么说变就变呢，而且变得这么快。爱情有时不是男女之间的事，比男女关系更复杂。

来队

马香香来队了。

马香香来队那天，李满全正在连部值班，门卫哨兵一个电话打到连部报告说：排长，你未婚妻来队了。

李满全放下电话，脑子里“轰隆”一声。他接电话时正在做哨兵排班表，他没马上出去，坚持把排班表做完，长吁一口气。在这个过程中，脑子里激烈地斗争着，他要怎么接待马香香，哨位表做好了，脑子也捋清楚了。他走出连队值班室，向营院大门走过去。远远地看见了马香香。她站在哨位旁，地上放了一个黄色提包，不知她和哨兵说着什么。

他走过去，哨兵看见了他，敬了个礼道：排长，嫂子来看你了。他不耐烦地冲哨兵挥下手，走到马香香面前。马香香上上下下地打量着他，看见他上衣换成了四个兜，还有穿在脚上的皮鞋，马香香笑了，很舒心的样子。他弯下腰，提起马香香脚旁的提包道：走吧，去招待所。

师部院外，有一个二层楼的招待所，专门招待干部、战士家属来队用的。部队有规定，一周内吃住都是免费的，一周后要象征性地交些钱和粮票。

马香香随在他后面，欢快地走着。

在招待所，他做了登记，战士小马拿着一串钥匙在二楼打开一个房间道：“李排长，你家属就住这。”

他白了眼小马，正想说什么，马香香从兜里掏出一把糖递给小马道：“来，吃糖。”小马高兴地接过糖，一蹦一跳地走下楼去。

在房间里，李满全把提包放下，坐在屋内唯一的一把椅子上说：“你怎么来了？”

马香香正四处打量房间，这摸摸那看看。

听李满全这么说，坐在床角道：“想你了，就来了呗。”她胸前系了块红色的纱巾，这块纱巾李满全看过，以前马香香系着这块纱巾显得是那么漂亮，此时，他看到这块纱巾，又是这么土。他想到了江歌，江歌从来不戴这种纱巾，就是部队发的白衬衣，洗得很白，很柔软，衬衣系在腰带里，干净利索。突然，他开始讨厌她戴的纱巾了。

马香香没看出李满全的心思，高兴地说：“满全，我拿到赤脚医生证了，是县卫生局发的。”

他点点头。

她又说：“咱们老家，地都种完了，有的地小苗都长出来了。”

他哼哈地应着。

她又说：“你家都好，你妈还让我带给你一样东西。”

马香香从提包里找出几双鞋垫，他看着鞋垫，这是母亲用缝纫机扎的，针脚细密，他想起了母亲。

她又从提包里拿出件毛衣，递给他道：“我给你织的。”

她站起来走到他跟前：“试试吧，我可是半个月没睡觉为你织的。”

她要解他的衣服，他推开她的手道：我还有事，你也累了，歇会吧。

走到门口又停下道："晚饭我给你送来。"

"哎。"她答。

他回了一次宿舍，把毛衣放到床头柜里，母亲为他扎的鞋垫放到枕头底下。

战友们听说他未婚妻来了，都跑到他房间要喜糖。他郑重地和战友们解释："不是未婚妻，是同学，你们误会了。"战友们将信将疑地离开。一会儿，指导员又来了，他忙把指导员让到椅子上去坐。指导员坐下微笑地："李排长，听说未婚妻来了？"

他忙站起来说："指导员，你别听他们乱说，不是未婚妻，是同学，出差路过，来看看我。"

指导员点点头："我还想和连长一起去看看，就是，以前也没听你说过呀。"

指导员走了。

晚上吃饭时，他在食堂打了份饭，装在饭盒里，走到营院门口时，看到了江歌，江歌正要回家也走到了门口，他叫了一声："分队长，回家呀？"

江歌笑眯眯地看着他问："听说你女朋友来了，住在哪呀？"

他脸红了，有些口吃："没，没有，是，是同学，出差路过咱这，来看看。"

江歌"哦"了一声："那我去看看，看看李排长同学长得啥样。"

说着就跟着他向招待所走去，他心里十万个不想让江歌来，但江歌跟来了，他又不好说什么，这段路就走得很艰难，嘴里一遍遍地说："就一个同学，还有劳你来看。"

江歌又开玩笑地说："没有同学那么简单吧？"

他不好说什么，走到招待所二楼，马香香的房门是虚掩着的，他用手指敲了下门，门就开了，还不等马香香说话，便闪开身子道："这就是我同学马香香，大队的赤脚医生。"

江歌走进来，打量着马香香，马香香也微笑地打量着江歌。

他把饭盒放到床头柜上才道："这是我们师文艺宣传队的江分队长。"

马香香毕竟没见过世面，看见眼前这个漂亮的女兵，一时不知说什么好，她笑着，礼让着道："坐，坐分队长，上炕吧。"

江歌终于憋不住笑了道："我坐床上吧，我们这没有炕。"

马香香脸红了，手足无措的样子。

李满全看着马香香，在江歌面前，她就是个土包子，什么也不懂，什么都不知道，他脸热了起来。他说："快吃饭吧，一会儿就凉了。"

马香香拙拙地又说："不饿呢。"

江歌站起来："你快吃吧，你们老同学一起好好聊聊，一定好久没见了。"

江歌向门口走去，马香香跟在后面："我和满全我们一直通信。"

江歌回头望了眼满脸胀红的李满全，关上门走了。

李满全突然想发火，没好气地说："快吃吧，饭都凉了。"

马香香指着椅子道："满全，你坐。"

他坐下了，她打开饭盒开始吃饭，一边吃一边说："江分队长可真漂亮，个子那么高，她就是你说的江师长女儿？"

他哼了一声。

她又说："就是她被强奸了?"

他没说话，后悔和她通信时说得太多了。他又想起江歌站在门口意味深长地看了他一眼，她的眼神告诉他，她压根就不相信马香香是他同学。他烦躁起来。

马香香似有说不完的话："满全，你们部队院子可真大，还有拿枪的兵在站岗。满全，你管多少人呢？咱们大队的人都说你有出息了，以后就是公家人了，吃喝一辈子不用愁了。"

李满全等不下去了，他站起来："我要去开会，你吃完把饭盒就放在门口，一会有战士来拿。"

说完匆匆就走了，头都没回。

马香香跟到门口，还想和他说几句什么。他"砰"的一声把门关上了，马香香一腔热情被兜头浇凉了，没心思吃饭了，把剩饭倒进垃圾桶里，把饭盒刷了，放到门口。关上门，躺在床上，她不明白，李满全怎么突然就冷淡了。这阵子李满全回信就少，每次回信都说："工作忙，在忙战备。"

南疆战事结束了，但全国铺天盖地的正在宣传南疆战事的英雄。因为有战事，他工作忙她理解，下定决心抽空看他一眼。她来到部队，却不像他信中说的那样，部队一派和平安宁的景象。她清晰地记得，他向江歌介绍她是同学，她为此心又凉了半截。

她躺在床上左思右想，毕竟和李满全没有订婚，他介绍自己是同学也没错。她怪自己上次李满全回家，把亲订了就好了。这么想了，她不安的心又踏实了许多。

她听见熄灯号吹响了，伸手关了灯，也睡下了。

第二天早晨，一个小战士敲门为她送来了早餐，多了一个饭盒，里面装着稀粥。她问小战士："你们排长呢?"小战士答："我们排长忙工作呢。”小战士笑笑，客气地走了。

中午还是那个小战士送的午饭。

下午，她想去师部大院转一转，顺便看一下李满全在忙什么。她走到师部门口，还是昨天站岗的那个小战士，她把自己的意思说明白了，小战士笑一笑，就走到岗亭里打电话，不一会儿又出来道：“我们排长说了，现在是正课时间，他在忙。”

她又说：“我自己转转，不麻烦你们排长。”

小战士摇摇头道：“你不能进去，除非排长陪着你。”

她怏怏地向招待所走去。

晚饭时李满全来了，把饭菜摆在马香香的面前。马香香不吃饭，满脸红扑扑地望着他。她刚洗过澡，招待所二楼尽头有一个洗澡间，她头发还有些湿，披散下来。夏天刚到，屋内说热不热，说冷不冷，她把外套放在椅背上，只穿了一件短裤衬衫。她睁大眼睛水汪汪地望着李满全。

李满全把她的外套放在床上，坐在椅子上，望着饭盒说：“吃饭吧，排骨炖胡萝卜，还有韭菜炒鸡蛋，今天连队改善伙食。”

她不吃饭，坐在床沿上，望着他道：“满全，咱们订婚吧！”

他吃了一惊，抬头望她。

她说：“明天你带我去趟城里，买套衣服，你表示一下，咱们这婚就算订了。”

他说：“部队现在是战备期间，不能外出。”

她勾下头，害羞的样子，鼓了勇气，在床下拉开提包，从里面掏出一盒东西。她用拇指和食指捏着那盒东西冲李满全道：“你看这是什么？”

他离得远没有看清问了句：“什么？”

“你过来看么!”她羞答答地说。

他不情愿地凑过去,坐在她的身边,那是一盒避孕套。他看清了,她羞涩地把那盒避孕套塞到被子里,头更低了一些道:“人家做好准备了,满全,我是你的人了。”

说完抓住李满全的胳膊,把头扎到李满全的怀里。

马香香的举动让他错愕了,她湿淋淋的头发拱在自己怀里。曾经让他迷恋的气息扑面而来。李满全又一次想到了江歌,想到那些年轻干部找的未婚妻,没有一个是来自农村的。他身子僵硬起来,推开马香香,惊恐地站起身。

马香香抬起头,望着李满全,哀怜着:“怎么,你不要我了?”

他慌慌地说:“你快吃饭吧,时候不早了,我得查岗去了。”说完僵硬着身子走出门去。

马香香看到那扇门关上的瞬间,她哭了,是伤心还是哀婉,总之,她抑制不住,把头蒙在被子里呜呜地哭泣起来。

李满全回到机关院内,警卫连和通信连的球队正在进行比赛,两个连队战士为自己连队喊着口号加油,声音此起彼伏。他站在警卫连一侧,看着球场,心思却不在这。他拒绝了马香香,心里却沉重着,高兴不起来。他想象着马香香的样子,他奇怪自己为什么一点反应也没有,有的只是厌恶。大约一年前,他回去探亲,那会儿他多么喜欢马香香啊。别说她把头扎在怀里,唯一的一次,她和他坐在村头的小河边,她的身子离他还有一段距离,他嗅到她的气味,就让他沉醉。事后许久,他想起那一幕仍然让他留恋幸福。而此时,他却选择了逃避,他自己也说不清楚,这一切到底是为什么。

他正在胡思乱想,看见江歌在人群后走过,他下意识地跟了过去，江歌从宣传队回家，向营院门口走去，他跟上道：“分队长，你这是要回家呀。”

江歌发现了他，慢下脚步：“你怎么没陪你的未婚妻？”

他又一次纠正道：“是同学。”

江歌就笑一笑道：“同学还好么，我看她还挺漂亮的。”

他笑一笑，没搭茬。

江歌走到家属院门口，停下来，望着李满全道：“要不上来坐一坐。”他多么希望跟她上去坐一坐，他还是忍住了道：“改天吧，这么晚了也不方便。”

江歌没说什么，笑一下，招下手就上楼了。

他一直望着江歌的身影走进楼门洞，才转身走回营院。

第二天马香香的早饭，是一个战士送过去的，战士送完饭把昨天的饭盒拿了回来。战士找到他说：“排长，你的同学昨晚没吃饭。”说完打开饭盒，里面的菜和米饭未曾动过。他冲战士说：“倒掉吧，中午的饭我去送。”战士应声走了。

中午的饭他去送的，门虚掩着，他敲了一下没人应，推下门就开了，房间里收拾得干干净净，马香香和她的东西都不在了。床头柜上放了一张折叠起来的信纸，他拿过信纸，是一封马香香留给他的信：

李满全，我走了。谢谢你这两天对我的照顾。

李满全看到这封信，他有些后悔，她来了两天，他照了两次面。他听战士说，她想到营区看一看，也没看成，甚至附近的县城，他也没领她转一转。

他走出招待所，走向公共汽车站，这里的公共汽车一小时发一班，他不知道马香香是什么时间离开的。等了好久，车来了，他到了县城直奔火车站。来到售票窗口，才知道通往家乡的那趟火车半小时前已经发车了，他有些失落又有些遗憾地回到了部队。他责备自己对马香香的态度有些过火，就是一个老同学来看他，他也不该对她这样。

他给马香香写了封信，内容满是抱歉，信寄出好久，他再也没有收到她的回信。他不再责备自己了，心想，对于和马香香的关系，他只能硬下心肠了，否则会耽误他一辈子。

这么想过了，他心里就释然了。

自那以后，他一身轻松。在马香香来队前，他还要象征性地给她十天半月地写上一封信，虽然没什么说的，但仍要写上几句。现在不用了，也就是说，他现在和马香香没什么关系了。他们就是同学，再见到江歌时他就自然了许多。

林松来队

副连职军区司令部的参谋随军区工作组到师里检查工作。

调走一年的林松来了，他似乎胖了一些，精神和气色却很好。他在师机关会议室听完师里的汇报后，来到了警卫连。他站在警卫连院里看着熟悉的一切，先是连长和指导员得到消息，跑出办公室去迎接林松。此时的林松，已不是当排长时的林松了。他是军区机关的参谋，举手投足间都很有见识的样子。在连长、指导员热情邀请下又一次来到连部办公室，通讯员早为林松倒好了茶。

连长就羡慕地问："林参谋，军区大机关有意思么？"

林松笑笑："那是我出生的地方，是省城，咱们师机关都赶不上军区一个角。"

连长、指导员就啧嘴惊叹。连长说："我怕这辈子也没机会去军区看上一眼了。"

林松笑笑，喝茶。

指导员说："林参谋你这么年轻，以后干个团级师级肯定不在话下。"

林松吹着茶叶不说什么只是笑。

军区工作组就住在师部招待所，吃过晚饭，张老师把电话打到了招待所，林松接了电话。张老师邀请林松去家里坐一坐。

林松走进师长家时，张老师煮了一盘红薯，以前林松最爱吃红薯。林松一进门，张老师就热情地把红薯盘子递给林松道："小林，食堂的饭你一定没吃好吧，阿姨专门给你做的。"

林松一边剥红薯皮一边和张老师说话。

张老师问："你爸，林参谋长身体还好吧？"

林松随口应道："挺好的，他还说让我给师长和阿姨带好。"

张老师就很幸福的样子又说："我刚才打电话，让江歌回来见见你，他们宣传队正在排练，回不来。"

林松又笑一笑，没说话。

张老师又问："小林，你个人的事是咋考虑的？"

林松放下红薯，盯着张老师说："我妈给我介绍了一个，是军区总院的医生。"

张老师的笑瞬间在脸上消失了，变音变调地又追问道："你同意了么？"

林松心不在焉地说："现在处着呢，我妈非得让我年底结婚。"

张老师没话了，不尴不尬地道："小林，再吃一个。"

她听到林松有女朋友的消息一下子就失落了。

孩子大了，一直让父母操心的就是终身大事。小林十五岁就来到师里，她和江师长几乎把林松当成了自己的孩子。老战友托付的事，他们认真地办了，林松提了干，入了党。这些年来，林松自己把这也当成了个家，周末张老师总会做些好吃的，等江歌和林松过来吃饭。过年过节更不用说了。

江歌和林松是同年的，也是十五岁到宣传队当兵，两个人几乎一起长大的。两个孩子提干了，也长大了。周围人都说："这两个孩子是天生的一对。"两人也几乎像恋人似的相处，林松每次来家里，只要江歌在，他们就躲到江歌房间里，两个年轻人有说不完的话。

张老师在心里默认了林松和江歌这种关系。林参谋长是江师长的老领导老战友，两家人也知根知底。

可自从江歌发生了那件事之后，江歌再也不见林松了，成了陌路人。当时她一直认为，江歌还没从悲伤中走出来，等以后正常了，一切都会好的。

林松调回军区了，靠边站的林参谋长又出来工作了，一切都变了。现在林松不仅谈了女朋友，还马上就要结婚了。这是张老师事前没有料到的。

林松告辞后不久，江师长就回来了。工作组来，他加班开会。

张老师就把林松的近况和师长说了。江师长没说话，叹了口气。

张老师端了盆洗脚水放在江师长面前，江师长犹豫着还是把鞋脱了，把脚放在了盆里。江师长点了支烟，江师长烟瘾不大，在机关办公室时，从来不吸烟，有时到会议室开会或回到家里，他才偶尔点上一支烟。

张老师就叹着气道："那件事毁了江歌。"

师长深吸一口烟。

张老师又说："别看江歌现在跟没事人似的，有好几次她躲在房间里哭，我都听到了。"

江师长烦躁地把烟按死在烟缸里，头靠在沙发上闭上了眼睛。

自从江歌发生了那件事，只要一提起来，江师长就闹心。

张老师叹口气，抹开了眼泪："她以前跟小林那么要好，她是不敢理人家了。"

江师长睁开眼睛生气地："别说了，没有小林还有别人，我不相信，江歌就找不到男朋友。"

江师长把双脚从洗脚盆里拿出来，水溅了一地。

工作组在师里住了两天后，就出发了。他们又去另外师里调研去了。

江歌在这两天时间里一直躲在宣传队，工作组走后，她才回家。

晚饭时，张老师在饭桌上说："小歌，你也老大不小了，个人的事该考虑一下了。"

她端着饭碗，看眼母亲又看眼父亲。

张老师又说："小林人家年底就要结婚了，说是在军区医院谈了个医生。"

江歌勉强吃了半碗饭，剩下的半碗倒掉了，便回到自己房间，把门带上了。不多久，张老师和师长就听到江歌的哭声，哭声很遥远，一定蒙在被子里，又很压抑，抽抽咽咽的。

师长和张老师那顿晚饭也没吃好。

江师长饭后又点了支烟，他坐在沙发上冲张老师说："该走的走了，该来的一定会来。"

张老师吸着鼻子说："咱们该为小歌张罗下婚事了。"

师长想了想说："在外单位找吧。"

张老师明白师长的意思，点了点头道："行，明天我托人就张罗这事。"

江歌怕见林松，为什么怕她自己也说不清楚，自从那件事发生后，她在心里就告诉自己，林松和她完了。她却忍不住去想林松，回忆以前所有的过往，一想起林松就忍不住流泪。她不想见林松，知道见了也不会有什么结果，自己反而更痛苦。索性就不见，她努力让自己忘掉林松，以及一切的过往。

鸡毛一地

为了江歌的婚事，张老师和老大江文武打了招呼。江文武是江歌的哥哥，年近三十，在市里工作，结婚已有几年，刚生了孩子，已有两岁多了。

江文武以前经常回家，几乎每周都要回来一次，后来结婚，又生了孩子，他回来的次数就少了。江文武的妻子叫小惠，是市里面一位局长的千金小姐。当时张老师给江文武找对象定了调子，一定要门当户对。之前，江文武谈了好几个女朋友，有工厂的职工，也有医院的护士，遭到了张老师的强烈反对，后来也不了了之了。直到找到了小惠，她是局长的千金，本人的工作是夜大的一名教师，张老师才点头放行。市里的局长论职位虽然抵不上个师长，但也算可以了。就这样，江文武和小惠结了婚，结婚后两人就住在小惠父母家。张老师去过几次市里，见过小惠父母，说话一副局长派头，哼哼哈哈的，张老师以后就不去了。就是小惠生孩子，她让人捎去三百块钱，自己也没露面。

这次把儿子招回来，就是为了讨论江歌找对象的事。江歌出事时，他回家一次，看望妹妹，也顺便看望父母。那会他对妹妹的状态一筹莫展。正赶上孩子出生不久，他安慰过父母就走了。

听说妹妹要找对象，他想到了林松，当时全家人已经默认了林松和江歌的关系，后来林松调走，疏远江歌，当然都和妹妹发生的那件事有关。对妹妹的事，他只能尽心尽力。回到市里没多久，就给母亲打来了电话，说小惠的夜大有个老师，是位业余诗人，经常在省报和市报上发表诗歌，现在还未婚。问母亲这样的标准可不可以。张老师向江师长做了汇报，江师长听完汇报，在客厅里徘徊起来。张老师见师长犹豫不定，便说："当老师好，又会写诗，有才的男人不多，咱家小歌唱歌跳舞都行，也算搞文艺的，他们一定有共同语言。"

江师长坐回到沙发上，点了支烟道："你定。"

张老师就定了。一个周末，江文武领着这位黄姓老师就来了。正是秋天，黄老师穿了件风衣，不系扣子，头发很长挺凌乱，人很瘦，不停地吸烟，夹烟的手指都被熏黄了。从进门开始，手里的烟就没停过。

黄老师一到，寒暄过了之后，张老师一个电话打到宣传队，把江歌叫了回来，张老师说："你哥回家了，你回来一趟。"

不一会儿江歌就进门了，刚排练完，脸上汗津津的，有几缕头发也被汗沾在额头上，下身穿着军裤，上身穿一件毛衣。

一进门，就被黄老师的烟呛到了，不停地咳，张老师忙起身去开窗户。黄老师也意识到了什么，把烟摁死在烟缸里，眯着眼上下打量着江歌。

江文武就介绍道："这是市夜大的黄老师，青年诗人，这是我妹。"

黄老师拢了下头发，伸出手说："你好。"

江歌没伸手也说了句："你好。"

江歌就说："哥，你陪客人坐吧，嫂子还好吧？"

江文武就说："黄老师就是你嫂子同事。"

江歌就说："妈，我还要排练，你们聊吧。"说完就走了。

黄老师很兴奋，回市里一路上一直打听江歌。言外之意，对江歌很满意。

江歌回家后，张老师走进江歌房间问："你对今天的黄老师印象怎么样？"

她瞪大眼睛："他不是我哥朋友吗，什么怎么样？"

张老师这才说实话："是你哥和你嫂子小惠给你介绍的对象。"

江歌大声地说："我的事不用你们管。"

张老师落寞地走出江歌房间。

几天之后，黄老师夹着烟冲小惠说："你爱人的妹妹长得真是漂亮，还是军人，条件不错，但她被人强奸过，你当时可没跟我说这个。"

黄老师把烟头扔在脚下，又碾过，抖一抖风衣走了。

周日，江文武打电话把黄老师不同意的决定告诉了母亲。张老师很生气，摔了儿子的电话，她为女儿伤心难过。好端端的一个人，有了污点，人生都改变了。当母亲的，为自己的女儿伤心悲哀。她暗自垂泪。

张老师觉得地方上的人都不可靠，只能在部队里找，自己的师肯定不行，上上下下都知道江歌发生的那件事，只能在别的部队里找。

江师长战友很多，他打电话找到了其他师的师长，老战友听说江师长女儿要找对象，都很热心，在电话里打着保票道："老江放心吧，这点小事，老战友给你打保票，一定把我们师最优秀的青年干部介绍给你。”

老战友保票打了，许久却没动静。江师长又把电话打过去，老战友这次声音没有以前的宏亮了，支吾着道：“还在找。”后来细问才知道，还是因为江歌的污点。江师长意识到，江歌出事不久，全军区都下发了通报。通报是部队之间互通情况的一种手段，不论好事坏事，只要有事，就要相互通报。江师长算明白了，江歌随着通报，全部队都知道了。

江歌因为那次的污点，没人要了。这是张老师和江师长的判断。

放下电话后的江师长和张老师面面相觑，他们终于意识到江歌的婚事已成了老大难。

坚强的江师长为了女儿的事，眼里也噙满了泪水。

老两口上火了，一次意外的灾难改变了女儿江歌的命运。在这之前，江歌的条件是多么优秀哇，现在沦落到找不到合适的男朋友了。江师长和张老师悲凉了，但现实就是现实，他们一面悲哀，一面接受了这种现实。

柳岸花明

在张老师为江歌焦虑愁苦时，江师长也为女儿着急上火，但他是一师之长，脑子里装了许多大事还等他去忙，只有下班回家时才和张老师聊上几句。

张老师没事经常来到营区里走一走，许多人都认识她，不时地有干部、战士礼貌地和她打着招呼。她不自觉地就来到警卫连门口，她不自觉地就想到了林松。林松在警卫连时，她来过几次，一次是林松发烧，还有一次是脚崴了，她来林松宿舍看过林松。那会儿她和师长不仅把林松当成了老首长的孩子，更重要的是，他们把林松当成了未来的女婿。那会儿虽然林参谋长靠边站了，但也还是老首长，知根知底，林松把他们当成了自己的亲人，把江歌当作自己的妹妹。那会儿林松和江歌私下的往来，他们觉得这一切正常，无论俩孩子做出什么事，他们都能坦然接受。

自从林松调走了，她便再也没来过警卫连。她正冲警卫连院内张望时，看到了带着新兵队列训练的李满全。她还是第一次看到李满全带兵，以前李满全都是来家里，那会儿他还是机关首长的公务员。当了排长的李满全果然是一副排长做派了，身子挺得笔直，站在新兵的队列前，他的口令清晰有力。她在李满全的身上俨然看到了林松的影子。一瞬间，一个火苗在她内心燃烧起来，她认真地看了眼李满全，又看了一眼，转身走出营区。

晚上师长回来，在饭桌上吃饭，张老师和师长有了如下对话。

张老师："我今天看到李满全了，小李提干了，跟以前不一样了。"

师长一边吃饭，一边"嗯"了一声。

张老师："小李论长相论个头不比林松差。"

师长看了眼张老师，夹了菜放到碗里。

张老师："小李入党提干都是你帮的忙。"

江师长没抬头，三口两口把碗里的饭吃干净了，放下碗。

张老师就专心地说："小李对小歌不错，小歌对他也挺好。"

师长站起身，在客厅里踱步。这是师长思考问题的标志。

张老师坐在沙发上，看着踱步的江师长："我寻思把江歌的事跟他挑明了？"

师长坐下了，点了支烟，半晌才道："小歌愿意么？就是小歌同意，小李能同意么？我可听说，前阵子有个女同学来队看过他。"

"这事小歌跟我说了，他们是同学，也没啥。"张老师说。

江师长摁灭烟："小李一入伍就在机关当公务员，我是看着他成长的，人应该不会差。"

张老师补充道："虽说家是农村的，只要努力肯干，将来也错不了。你不也是农村出来的么，枪林弹雨过来了，现在不也当成师长了么。"

江师长："这事我不能出面，你去和小李谈吧。"

张老师见师长发话了，忙说："我懂，我有办法和小李谈。"

江师长:“你最好先和小歌谈好,别弄得你里外不好收拾。”

张老师立起身:“小歌那我心里有数。”

第二天上班之后,张老师把电话打到警卫连,接电话的是连指导员,指导员姓马。张老师就自报名号,指导员听说是师长夫人,忙热络地叫着阿姨,还没等张老师开口,便说:“阿姨,是不是家里有啥事了,您吩咐。”

张老师忙道:“没事,我是来给李排长请个假,让他到家里来一下。”

指导员洪亮地应道:“放心阿姨,我让他马上过去。”

李满全听说张老师找他,他第一反应就是师长家里一定有什么事需要帮忙了,他三步并作两步向家属区走去。在机关,所有干部、战士都羡慕他和师长家的关系。江歌那次出事,他前前后后在师长家待了大半年,许多人也知道他为啥提的干,一切都是因为他和师长家那层关系,甚至有许多干部希望通过他的关系,把自己引荐给师长认识。不见师长,见张老师也行,都被他回绝了。他珍惜和师长家这种信任,他不想因为别的原因破坏这种信任。无形中,干部、战士都高看他一眼,甚至连长、指导员平时谈话聊天时,也看他的脸色,仿佛他是师长安排到警卫连的探子。他心知肚明,但又不会把话说破,他享受着这种微妙的人际关系。

张老师叫他来家里,这是种身份,更是师长对他的信任,他站在师长家门外,洪亮地喊了声:“报告。”

张老师把门打开了,他大声地说:“张阿姨,家里需要我做什么?”

张老师把他让到门里,又让他坐到沙发上,茶几上摆了一杯沏好的茶，还有一碟瓜子。

张老师笑着道："小李，别客气，喝茶。家里没事，阿姨就想跟你唠唠。"

张老师对他这种态度还是第一次，他有些受宠若惊，又有些忐忑。

他坐直身子道："张阿姨，有话您就说。"

张老师搬了把椅子坐在了他的对面，笑着问："小李，有女朋友了么？"

他摇摇头，又肯定地答："没有，阿姨。"

他回答这句话时，脑海里闪过马香香，自从上次离开后，她没再来过信。父母让哥寄给他的信中，也肯定了他的做法，告诫他，既然提干了，就一定在部队站住脚。就是有一天转业了，也一定转业到城里工作，找对象自然也要在城里找。

张老师又热络地道："小李喝茶，都凉了。"

他捧起杯子抿了一口，放下杯子，望着张老师。

张老师就说："工作得怎么样，有困难吗？"

他挺了胸答："阿姨，我一切都好，关于我的工作，你可以问我们的连长、指导员。"

张老师点点头："你还要进步，当排长是你的起点。"

张老师这么关心他，心里热乎乎的，父母来信也这么说过。

张老师话锋一转："小李，你觉得我们家小歌怎么样？"

他不知道张老师为什么问这话，但他还是答："江分队长人漂亮，聪明，歌唱得好，她身上有很多优点，我还要向她学习。"

张老师点点头："那好，以后经常来家里陪陪小歌，有空就去宣传队看看她。"

他站起来，下意识地双脚并拢道："阿姨，你放心，我一定做到。"

张老师也站起身："那好，你还要回去工作，阿姨就不打扰你了。"

他走到门口，回过身冲张老师敬了个礼。

张老师就说："以后别这么客气，都是自家人，我的话你记住了。"

他郑重地点点头。

回连队的路上，李满全想了很多，张老师之前的话他以为江歌又需要照顾了，但临离开，张老师又说："都是自家人。"他琢磨来掂量去，猛然意识到了什么。

李满全天生情商不低，十八岁来到部队，一直到当了排长，都是情商在帮助他。当时，张老师派他去照顾江歌，他觉得自己机会来了，他尽心尽力地照顾江歌。他的命运就是从江歌开始发生的变化，无论如何，他把江歌当成了自己的贵人。高高在上的贵人。没有江歌就没有他的今天。

他终于明白张老师的话了。

他要和江歌谈恋爱，他的心酥软了。以前江歌高高在上，她是所有年轻干部、战士心中的女神。自从发生那件事之后，他听到许多干部、战士背后都在议论江歌，有些下流不耻。他也无数次想象过强奸犯是如何把江歌扑倒，又如何强奸的。他亲眼看到刚冒芽的玉米地被压平的土地。他心里既为江歌心疼，但也有过下流的想法。在照看江歌的过程中，江歌精神上的痛苦他也有同感，现在更多的是理解江歌，体恤江歌，下流不耻的心态消失了。她是受害者，不论身体和精神都遭受了创伤。刚认识江歌时，他暗自在心里把江歌和马香香比较过，江歌就是天上的星星，马香香就是地上的小草。江歌发生了那件事之后，他也把江歌和马香香比较过，在他心里，江歌无论如何都要比马香香强百倍。况且，江歌的身后是江师长。他明白，没有江歌发生那件事，和江歌恋爱他做梦也别想，他庆幸江歌发生了那件事，这是天意。他在心里想。

再次接近江歌，一切都名正言顺了。之前他是在为江歌服务，现在是为了爱情。一个过程，两种结果，不一样的滋味。

每逢周六江歌都要回家，这是去师长家最名正言顺的机会。开完连务会，连队就开饭了。吃完饭，他就走出营区，来到家属院，敲响师长家的门。之前来师长家，他要喊句报告。现在不用了，他只敲门，门便被张老师打开了，他叫一声阿姨，又叫一声师长便走进门去。

师长家也刚吃过饭，师长坐在沙发上看电视，电视是黑白的，正是《新闻联播》。

江歌在自己房间里在翻一本书，身子倚在床上。他走进去，坐在床前的椅子上，望着江歌。江歌见他走进来，身子坐正一些，他坐下微笑着叫了声："江歌。"江歌怪怪地看他一眼，马上收了目光又盯着书本了。之前，他一直叫江歌为分队长。现在他要改口了，这样显得亲切。

江歌伸着腿，光着脚，上身只穿件白衬衣，躺在床上的江歌在李满全眼里修长而又美好。她的脚那么圆润白净，他为她洗过脚，去部队慰问演出时，他碰触过她的脚，心就荡漾了。在外人眼里他替江歌洗脚是低下，他却觉得是享受，无与伦比的舒坦。顺着脚再向上看，江歌的腿是那么修长和饱满，这是一双跳舞的腿。

她的腰又细又软，胸饱胀着，几乎从衬衣里胀裂出来。

在这之前，他从来没有用恋人的眼光看过江歌。那一晚，在那一刻，他觉得自己幸福无比，是老天对他的眷顾。他也想到了那片玉米地，那会他想，就当江歌结过一次婚，又离了。这么想了，他高兴起来，江歌在他眼里几乎是完美的。

他来到客厅里，拿起茶几上放着的苹果，削好了三个。一个给师长，一个给张老师，另一个送给江歌。他把两个苹果递到师长和张老师手上时，都得到了感谢。张老师咬了口苹果，冲他说："满全，你也吃。"

他不吃，把最后一个削好的苹果递给江歌，江歌用两根手指捏住，眼睛仍没离开书。她读的是《安娜·卡列尼娜》，苏联作家托尔斯泰的作品。

他坐在那里，听着三个人咀嚼苹果的声音，这是世界上最好的声音。他顺着窗子望出去，营区的灯已经开了，点点灯火，让他的心温暖起来。坐在师长家，江歌床前，他突然有了家的感觉。也的确如此，之前，师长、张老师把他当成客人、服务人员，不时地顾及他的感受。现在没人关心他了，他走到任何一个角落，都是天经地义的。

江歌吃完苹果把核放在桌角，他忙拿过来，走到厨房扔到垃圾桶里。在厨房里又顺手为江歌冲了一碗红糖水。照顾江歌时，他对师长家厨房里东西的摆放已经熟悉了。他记得，江歌演出时，最爱喝红糖水，每次演出之前，她都要喝一杯。她说：红糖水养嗓子。

他拿着冲好的红糖水碗站到江歌面前，江歌已经放下书了，放在她山丘一样的胸前。她正盯着天棚在想着什么，他把红糖水递到她面前，江歌动了下手指头，他便把碗放到了桌子上，小声地说：“趁热喝，一会儿就凉了。”

江歌坐起来，盘腿坐在床上，望着他：“平时你读书么？”

他怔一下，答道：“读，读《毛主席选集》。”

她说：“以后，要读点文学作品。”

他忙答：“嗯呐。”又端起水递到江歌面前，她端在手里，小口地喝了几口，又把碗放在桌子上，又倚在床上开始读书了。

九点一过，他不停地看着时间，江歌桌上有一个闹钟。九点四十五的时候，他起了身，端过早就准备好的洗脚水，放到江歌床旁的地上。他做这一切，驾轻就熟。

他把江歌放在床上的脚摁在盆里，水温也试过了，不凉不热。江歌就斜着身子躺在床上，眼睛仍没离开书。他摸着她的脚，快感涌过他的全身，他仔细地把脚洗完，擦净，放回原处。对江歌小声地说：“我走了。”

江歌“嗯”一声，目光仍没离开书。他又说：“一会儿睡前，你再洗脸、刷牙。”

她又“嗯”一声。

他走到客厅里。张老师在嗑着瓜子，师长在看报纸，两人都坐在沙发上。

他站在两位老人面前道：“师长、阿姨，我回去了。”

张老师道：“走吧，明晚没事早点来，到家里吃饭。”

他答：“嗯呐。”

走到厨房，提起垃圾才开门，轻轻地把门带上，下楼。

他把垃圾扔到垃圾桶里，回望一眼师长家的窗口，那里的灯光仍然亮着，他心里又温暖了一些。他终于感到，他有家了，一种神圣的归属感。

营区的熄灯号响过。

张老师和师长躺在床上。

张老师:“我的眼光没错吧,小歌嫁给满全一定错不了。有人照顾她,咱们就放心了。”

师长没说话,翻个身。

张老师又说:“你别看满全是农村出来的,有眼力见儿,垃圾都带走了。”

师长说:“这是部队培养的。”

张老师:“不管谁培养的,他得肯干,我就看好满全会对咱小歌好。”

师长“嗯”了声。

张老师翻个身又小声说:“要是林松,得咱们家小歌伺候他。这么多年了,他没替小歌洗过一次脚。老林平反了,现在又官复原职了,第一件事就把孩子调走,咱们帮他这么多年算是白忙活了。”

师长:“老林是我的老战友,老朋友,啥谢不谢的,做啥都应该。”

张老师气愤地说:“老战友能咋,他又上台了,也没说来看看你,就打过两次电话。”

师长不耐烦地说:“别说这个,工作的事怎么能和个人感情掺和在一起。”

张老师不说话了,半晌才又说:“我看小林咱们是白养了,从十五岁过来,给他提干,养这么大,小歌一出事,他比谁跑得都快。”

师长已经睡着了，还打起了鼾。

张老师睡不着，望着天棚想着心事，她对李满全又满意，又遗憾。

江歌没睡着，躺在床上望着窗外，她明白父母是何用意，对李满全她说不上满意，也说不上遗憾。自从那事发生后，她的爱情就死了。以前她爱林松，现在也是，理智让她远离了林松，但感情却管不住。她知道自己和林松不可能了，既然爱情心死了，对谁来说都一样了。

光环

全师上下都知道李满全在和江歌恋爱了。李满全读懂了人们的眼光，这些眼光很复杂，有羡慕有嫉妒，也有更复杂的成分，那就是他占便宜了。所有人都知道，如果江歌不发生那件事，全师的青年军官，轮谁也轮不到他。李满全自然在别人眼里读懂了这些目光。但他不在乎，他明白，如果没有江歌发生这件事，他就不可能入党提干，更不可能和江歌恋爱。没有这一切，他早就复员回靠山大队了，马香香也不会理他，他就像父亲哥哥一样，成为在土地里刨食的农民。

他现在的身份是师长的未来女婿，在警卫连他的身份特殊起来，在连长、指导员眼里，他是最重要的排长。连里有三个排长，任职时间都要比他长，资历也老，但他却是最重要的一个。

年底时，连队分管后勤的副连长转业了，连长、指导员研究决定，上报李满全接任副连长职务。李满全的名单被上报到司令部，警卫连隶属司令部分管，司令部党委研究通过，又上报给政治部干部科，干部科又上报到师党委会上讨论。

在讨论会上，师长对拟提拔使用的干部，唯独没有对李满全发表任何看法。他不说话是为了避嫌，其实说不说都一样，李满全是师长未来女婿这一点大家都心知肚明，为了提拔一个干部，谁也不会去得罪师长。结果，李满全在师党委会上全票通过。不久，他任职副连长的命令下发到了部队。

李满全已经是警卫连的副连长了。虽然提拔只有半级，他却是连首长了。住一人一间的宿舍。排长只能和战士住在一起，按熄灯号统一作息。吃饭时连首长专门坐在一桌，他也成了党支部的委员，不用查岗了，也不用每天出操了，这就是待遇。排长和副连长的区别。

从当上副连长开始，他的皮鞋就没离过脚，钉了掌的皮鞋走起路来比穿胶鞋时威风多了。排长要带队出操、查岗、带领战士们训练，穿皮鞋显然不合适，但当了副连长就再合适不过了。

他晚上躺在床上，睡不着就想：我李满全知足了，祖祖辈辈家里没有一个当干部的，他现在就是副连职干部了，行政级别二十二级半。他经常会在梦中醒来，摸一下身边的床，感觉自己还在，不是在做梦。他坐起来，来到桌旁，坐在椅子上，点燃一支烟。望着窗外，他看见一排长打着手电去查岗了。他开始同情那两位比他资历老的排长了。

他走在营区里，干部、战士都认识他，不住地和他打招呼，称谓是李连长，故意把那个副字省略掉了。皮鞋钉了铁掌，走在营区的路上铿铿锵锵的，一切感觉都是那么美好。

他有时也会去宣传队，宣传队的人自然都认识他，大多时候，江歌他们都在排练。他坐在一旁的椅子上，不时地有人跟他打招呼，他微笑点着头。

张小红从台上下来喝水，就站在他身边，他知道张小红和他是同年兵，现在已经是个老兵了，他关心地问："小张，还没复员呢?”上次随文工团去慰问,他称张小红为老兵,意思是尊重。那会儿张小红在他眼里是鲜艳的,且高高在上。他现在身份变了,便称她为小张。

张小红喝口水,看眼台上正在唱歌的江歌,又望向他道:“李连长,你可以呀,两年时间,连跳两级。”

他只能笑一笑。他懂得张小红的弦外之音。不说什么,坐在椅子上,尽量让自己像个大人物的样子。

张小红感叹道:“我可没法和你比,我只能当个老兵了。”说完又上台伴舞去了。

肖队长走过来,拉了把椅子坐在他身边。他掏出盒烟,拿出一支递给肖队长,肖队长伸手拦住了:“排练厅不能吸烟。”他讪讪地把烟装回去。

江歌终于唱完最后一首,从台上走下来,看见他却并没走过来,而是坐在另一侧。他忙过去,提着来时带来的饭盒,走到江歌身边,把饭盒打开,里面是切好的梨。江歌接过饭盒,他站在江歌一旁,像个士兵。

江歌用牙签挑起一块放到嘴里,冲周围的人招呼道:“大家过来吃梨。”

有几个男兵女兵过来,伸手在她面前拿起梨吃,他笑着对每个人。吃过梨的人也点头向他示意。饭盒里的梨吃得差不多了,江歌把饭盒递给他,他接过来。江歌就说:“正课时间你少来这里,影响不好。”他点下头,小声地回:“知道了。”

江歌又走到台上,他一步三回头地走出排练厅,身后是江歌的歌声。

自从他和江歌确定了恋爱关系之后,江歌对他却不冷不热起来，他不知道这是什么原因。江歌不抗拒，但也不热情。他每周都去师长家去看江歌，江歌干什么仍干什么，他问，她也答，从不主动找话题和他交流什么。他照顾她，她也接受。温水煮青蛙一样。

李满全并没有觉得不正常，他的恋爱对象是江歌，是师长家的千金小姐，能堂而皇之地走进师长家，接近江歌，这就足够幸运了。他走在营区的路上，听着自己铿锵的脚步声，他的胸挺高，腰挺直，再挺直。他觉得自己走在一条通往幸福的康庄大道上。

两人

转过年之后,江师长终于提升了,军区的党委,任命江师长为军部的副军长了。

军部在百公里外的省城,两辆卡车拉着江师长家的全部家当去军里报到了。

江师长去军里报到的前一天,特意把李满全叫到家里,张老师做了一桌子菜。吃饭前,师长和张老师坐在沙发上,江歌倚在沙发一角,他站在三人面前。

师长清清嗓子说:"我调走了,留下你们俩,要相互照顾,相互关怀。"

李满全知道,师长的话是说给他听的,他马上立正站好,大声地说:"师长,阿姨放心,我一定照顾好小歌。"他学着师长和张老师的口气,称呼江歌为小歌。

师长又说:"你们要共同进步,有空就去军里看我们。"

张老师站起来,走到李满全身旁,拉过他的手道:"满全,小歌从小到大娇生惯养习惯了,我们不在她身边,你就费心了。"

此时的李满全有种感动,他想哭,红了眼圈,哽着声音道:"师长,阿姨你们放心,我不会让小歌受半点委屈。"

江歌不耐烦地说："快吃饭吧，菜都凉了。"

师长从沙发上站起来道："吃饭。"

两辆卡车拉着师长全部家当走了，李满全望着卡车和师长乘坐的吉普车远去，他的心里不知是高兴还是忧愁。江师长调走了，新师长就会来。他在师里没有江师长这座靠山，他心里不踏实。虽然江师长升任副军长，他还能倚靠住这座靠山么？他有些吃不准，心里忐忑着。随着江师长调走，李满全突然有了种孤独感。

半年后，宣传队的肖队长被宣布转业了。江歌被任命为宣传队副队长，代理队长，张小红被任命为分队长。

这一任命下来，李满全的心旋即踏实下来，他意识到，江师长的影响力还在，并没因为江师长调走，而人走茶凉。

江歌现在是副队长代理宣传队长，她搬到了肖队长以前住的宿舍。一楼把头的一间宿舍。这间宿舍带个门厅，肖队长以前家属经常来，也住在这里，在门厅处置办了煤气罐和炉灶。家属一来，生活做饭都在这里。李满全配了一把江歌宿舍的钥匙，经常过来为江歌做饭，蔬菜是在服务社买的。当兵后，在新兵连，他经常去帮厨，一来二去也能炒几个菜。排练完的江歌回到宿舍，他已经把菜炒好，笑眯眯地冲江歌说："我一会儿去食堂打点主食。"江歌洗漱的工夫，他已经把主食打回来了，有馒头、米饭，两人坐在江歌宿舍吃饭，也会说些不咸不淡的话。吃完饭，他收拾了碗筷之后，会陪江歌坐一坐。江歌排练一天，已经倚在了床上，他搬了把椅子坐在江歌床旁，为江歌揉肩捏脚。做这一切并不陌生，上次去慰问演出，他早就习惯了这样。江歌一边享受着他的照顾，一边看书。江歌这次看的是《钢铁是怎样炼成的》。

他就问："书好看么？"

她说："嗯。"

他又问："书里讲了些啥？"

她不说话，沙沙地翻着书。

有时张小红敲门，他起身去开门。张小红分队长进来，拉了把椅子坐在另一侧，江歌仍没起来，还是刚才的姿势。只是放下了书，他便去揉江歌的肩膀和手臂。

张小红和江歌两人说一些宣传队工作上的事情，例如，节目该怎么编排，如何开党小组会等等。他听着并不多言，手上仍然动作着。两人说完工作，张小红看着李满全认真的样子道："队长，有李连长在，你可真幸福。吃饭都不去食堂了，有小灶吃。"

江歌就笑一笑，张小红便离开了。他烧了壶热水，倒在盆里，又兑上凉水，不冷不热地端到江歌面前，把江歌的脚浸在盆里。他放江歌脚时，一边放一边问："热还是凉了？"

江歌就说："还行。"她松躺在床上，手里仍翻着那本书。

他为她擦了脚，放到床上。把水倒掉，又去洗水果，切好，装在一个盘里放到她床头柜上，几根牙签插在切好的水果上。

有时，张老师的电话会打过来，江歌的房间有一部电话，这是宣传队长的待遇。江歌斜着身子抓过电话，便跟母亲聊，说的是什么他听不见，只坐在一旁，江歌和母亲三山五岳地聊一会说了句："他在呐。"便把电话递给他，他忙过去，双手捧起电话热热地叫了句："阿姨。"张老师在电话那端就说："我和你叔叔在军里都好，房子分了，很大的房子，楼上楼下，等你们有时间过来玩呀。"他就热乎乎地答："阿姨，我和小歌抽时间一定去看你和叔叔。"

张老师话锋一转道："满全，小歌身体不好，你要多照顾她。"

他答："阿姨，你放心。我今天做了俩菜，炒土豆丝，放了尖椒。还炒了一个绿豆芽。"

张老师在电话那端就啊啊着："满全，抽空去市场买只鸡，给小歌炖汤喝。"他应了。张老师叹口气道："我们搬走了，小歌和你就没家了。你们一定照顾好自己呀。"又说了些山高水长的话，电话才放下。

江歌已经歪了身子躺在那了，长腿细腰的样子。

李满全看了眼表道："还有半小时熄灯，要不你就睡吧。"

江歌说："不困。"眼睛还在那本书上。

他拿过一条毯子把她的下半身盖上，便说："我回连队了。"

她仍目光不离开书，应了声："嗯。"

他走到门口，轻轻开门，转过身把门轻轻关上。

他走出宣传队，走进警卫连。连部的灯开着，连长、指导员在里面说话。他走到门口，连长招招手，他便进去。坐下道："两位领导开会呢。"

指导员就说："你不在开什么会。"老吴任职都五年了，这次师里又研究干部调整，吴连长这次要提不起来，估计就该转业了。

他同情地看着吴连长。吴连长已经三十二了，孩子都快上小学了。去年家属来队时，他见过连长的家属和孩子。

指导员就说："李副连长，要不你帮助打听打听吴连长的事？"

他受宠若惊地望着连长和指导员，惊慌地说："看两位领导说的，我哪有那个门路。"

吴连长说："李副连长，你谦虚了，全师上下谁不知道你和江副军长的关系，你出面全师上下的人不会不买你的面子。"

他不解地："要是江师长在，我还能帮忙问问，现在他调走了。”

指导员:“满全连长,你是不懂啊,还是装糊涂,是师长大还是军长大?现在江副军长管着咱们师,听说新来的钱师长,前几天去军里还专门请江副军长喝了酒。”

他虚虚地笑着道:“那我找谁打听?”

“你就去找钱师长,他肯定买你的账。”指导员坚定地说。

他记得钱师长刚上任时到警卫连视察过工作,召集连队干部开过一次会,当连长介绍到他时,钱师长和他握了一次手,又拍了拍他的肩膀,其他的并没有更多交往。

吴连长又说:“李副连长,我要调走,是给你腾位子。”

指导员也说:“就是,吴连长升职了,空出的位子一定是你的。”

受吴连长委托,第二天上午,他敲开了钱师长的门。他在机关当过公务员,对师长的办公室他并不陌生。他这次鼓足勇气来见钱师长也并不单纯是为了吴连长。若吴连长真能调走,也并不一定能轮到他当连长,他任职副连长的时间才一年,他知道,许多干部任职四五年还没动窝的有很多。他这次来,借这个机会是想和钱师长建立一种熟悉的关系。他的身份和地位自然不好直接打探吴连长的事。昨夜几乎一夜没睡,他想好了一个理由,就是替张老师问候钱师长,这样既不尴尬,也不显得唐突。

他在师长门口喊了一声:“报告。”

钱师长就嗡着声音在里面应了一声。他小心地推开门,钱师长伏在桌前看一份文件,见他进来,愣了一下。

他敬了个礼,才说:“报告师长,我是警卫连副连长李满全。”

他自报家门,钱师长似乎想起了什么,忙用手指了下沙发道:

“是小李呀，坐。”

他欠着屁股坐下，忙说：“张桂芳阿姨让我抽空来看看你，不知什么时候合适，我只好这时来找你。”

钱师长张开嘴：“你说的是江军长爱人张老师吧。”

他点点头，微笑着。

钱师长坐正身子：“我前几天去军里开会，还专门去老首长家坐了坐。张老师还提到你。江军长也说你很优秀。我正想这两天约你到家里来坐一坐。”

他忙笑笑：“客气了师长，我们基层干部怎么好打扰首长。”

钱师长马上说：“周末你和小歌来我家，随便坐坐。”

他站起身答：“那我就替阿姨谢谢你了。”

钱师长微笑着点点头道：“工作还顺利吧？”

他马上应道：“报告首长，一切正常。”

他敬个礼，转身走出师长办公室。回头关门时，他见钱师长还对自己点头微笑。

走出师部大楼，他高兴地吹起了口哨，他在这之前做梦也没想到，钱师长会这么接待他。

他走进连部时，吴连长和指导员正眼巴巴地看着他。他坐下，吴连长立马递给他一支烟，并要亲自为他点火，他边推辞边自己把火点着，吸了口烟才道：“我见到钱师长了，这事在办公室不好说，周末我和江歌去师长家再细聊。”

连长和指导员就睁圆了眼睛。好半晌指导员拍一下他的肩膀道：“我没说错吧，李连长出马，黄金万两。”

他忙说：“我只是问问，成不成可不敢说。”

吴连长吁口气：“你要一问，这事就有九成把握了。”

连长、指导员一脸崇敬地望他，他享受这种感觉。他明白，现在的一切都是江副军长给予的，自然离不开江歌。想起江歌他的心情就化成了一江春水。

周六晚上他如约和江歌一起出现在钱师长的家里。来师长家前，他特意去了次县城，买了两瓶茅台酒，七块五一瓶，他买了两瓶，硬硬地提在手上。走在路上，江歌看到他手里提着酒还问："提酒干什么？"他答："第一次来师长家，咱怎么也不能空手。"江歌一脸不解地望着他。

进了师长家之后，一切都是那么熟悉，这之前是江师长的家。江歌就跟回到自己家一样，叫了叔叔阿姨之后，坐在沙发上。茶几上有炒好的瓜子，还有水果，江歌抓起瓜子嗑。随便的样子和在自己家里并无二致。

李满全进门时，见到师长敬了礼，见到阿姨热情地叫了。转身就进了厨房，冲钱师长夫人道："阿姨，我来帮你。"师长夫人把两头大蒜放在他面前道："小李，把蒜剥了吧。"

钱师长坐在客厅里陪着江歌聊天。钱师长说："上周去军里开会，见到你爸妈了，去你家参观了一下，军长就是不一样，楼上楼下，是座小楼。你妈还说，这么大房子没人住，还心疼电费钱呢。"

江歌说："我妈就那样，过日子啥都是好的。电扇坏了都舍不得扔，这次搬家，扔了不少破烂，还舍不得呢。"

钱师长笑道："你妈可操心你和小李了。"

江歌没说话。钱师长又说："小歌，宣传队干得怎么样，你现在是主管了，有什么困难？"

江歌："正常排练，正常演出，没什么困难。"

钱师长又说:“你代理队长有多久了?”

江歌:“快一年了。”

钱师长:“该转正了。”

接下来两人无话,钱师长打开电视,电视里正在播放《聪明的一休》,两人看了起来,不停地发出一老一少的笑声。

吃饭的时候,钱师长打开李满全带来的茅台酒,一边开酒一边说:“小李,以后来家里不要带东西,要跟自己家一样。”

李满全拘谨地应了。

江歌和阿姨不喝酒,在聊天吃饭。

李满全陪着钱师长喝酒。几杯酒之后,李满全话就多了些。钱师长问到他的警卫连,他就说到了吴连长的任职时间,还有家里如何困难。在这期间,江歌看了眼他,他没领会江歌的用意,仍把话说下去。吴连长家是农村的,老婆也是农村的,就是想随军能变成随军户口。

钱师长听着,并没表态,只感慨基层干部苦,又说到自己参加抗美援朝时,自己那会儿也是连长,部队供给接续不上,他们就在阵地上吃树皮和雪。还讲到江歌父亲,当时是他的营长,为士兵吃不上饭和后勤处长大吵起来。后来炒面送到了,有两个战士吃得急卡在嗓子眼里,噎得满地打滚。

离开钱师长家,两人下了楼。江歌立住脚看着李满全道:“你和钱师长说吴连长干什么?”李满全意识到江歌不高兴了,辩解道:“我就随便说说,吴连长任职时间太长了,家里的确挺困难。”

江歌:“干部任免使用,是首长考虑的事,你今天说这些,就是走后门。我爸最讨厌这种人了。”

江歌说完独自向前走去,他忙追上小声地赔着不是,又解释道："我也不是单纯帮吴连长，吴连长要是走了，十有八九我就会接他的班。"

江歌又一次停下脚步，望着他，眼神里全是不可思议的神情。

他更小声地说："我要和你共同进步，你和师长说的话我都听到了，你马上就要转正了。"

江歌不再说话，低着头向前走去。他随在身后，走进江歌宿舍时，江歌坐在椅子上："你回去吧，我想休息了。"

他并没有马上走，把水果洗了，削成小块装在盘里，又弄好一盆热水，端到她的脚下。这才走出去，走到门口，回过头："那你洗了脚，吃了水果再歇。"

他小心地关上门，快步向警卫连走去。

果然，他一走进走廊就被指导员拉到了连长房间。连长房间的桌子上，有一份食堂打回来的菜，还有打开的两盒罐头，还有一盘炒花生米。

吴连长热情地拉着他坐下："来，咱们三个今天晚上聚一下。"

说完打开一瓶酒。

指导员看着他："在师长家没喝好吧？"

他笑一笑。

端起酒杯时，他盯着吴连长的眼睛说："在师长面前，我把你的困难说了，有没有效果我可不敢打保票。"

吴连长一口把杯中酒干了，放下杯子道："兄弟，义气，就凭这个我感谢你。"

指导员说："你说的话肯定管用，你是江副军长的女婿，钱师长不买你账，还不买江副军长账么？"吴连长也说："对，没错。"

他想到了江歌看着他的眼神，不明白，这样的好事，她为什么不理解，还生气。难道他和江歌是两个世界上的人？

一转眼到了年底，又到了老兵复员、干部调整的时间了。果然吴连长被调到三团十营当上了副营长。他被任命为警卫连的连长，江歌转正，当上了宣传队长。

他和江歌成了全师最年轻的正连职干部。那一年，他和江歌都二十六岁。

结婚

张老师已经几次在通话时，约李满全到省城的家里看一看。这年“十一”，部队放假一天，又赶上个周末，他和江歌商定好一同去了趟省城。两人是从县里坐火车出发的，一个多小时就到了省城。

军机关就坐落在省城的东部，这是李满全第一次来省城，也是第一次到军部。江歌却熟门熟路，她在军文工团学习过，并多次参加军里的汇报演出，对军机关并不陌生，倒了一次车便到了。

军首长住在军机关大院后面一个小院里，几栋二层红砖楼，在最后面一排江歌找到了父母住的地方。还没进门，一个战士跑出来，冲二人敬个礼道：“是江队长和李连长吧，我是首长的公务员。”

说完接过二人手里提的东西，引领二人走进去。

江副军长和张老师在一楼厅内已经等候二人多时了，小战士把二人引领过来，放下东西，倒了两杯茶放在二人面前就退下了。江歌坐到母亲身旁，二人嘘寒问暖。李满全刚进门时，本想给江副军长、张老师二人敬个礼，想了下觉得又不合适，便坐到客厅的沙发上。他定睛去望对面的江副军长，他发现和在师里不一样了，江副军长和江师长比较，多了些稳重和威仪，他叫了声：“首长。”江副军长摆下手，端起茶杯喝口茶道：“工作怎么样？”他下意识地站起来，江副军长又摆下手，他犹豫着又坐下道：“一切都好，我和马指导员搭班子，配合得很默契。”

“是不是那个陕西人，个子不高？”江副军长回忆道。

他马上答：“对，他叫马国兴。”

江副军长：“我记得没错的话，他是1971年的兵，当年他可是学习毛主席著作的优秀分子，还登台做过演讲。”

他笑答：“首长，你的记忆力可真好。”

江副军长靠在沙发上：“你们钱师长是我的老战友，抗美援朝时，我们在一个部队。”

他点着头，想起去钱师长家里时的情景。此时，他坐在江副军长家的客厅里，突然涌起一股温暖的幸福感。

在客厅坐了会儿，张老师张罗着带江歌和他参观房间。一楼不仅有客厅，还有餐厅、厨房，还有间客房。上二楼时，从台阶开始就铺着地毯，脱了鞋踩在地毯上，一种高贵感又一次涌上李满全的心头。楼上四个房间，主卧是江副军长和张老师住的，还有一间做了书房，桌子上放着老花镜还有一些部队文件。另外两间也布置好了。张老师拉着江歌的手，指着一间房道：“小歌这是你的房间，以后回家就住这里，另一间给你哥哥一家留的。”

显然，李满全意识到，在没和江歌结婚前，自己只能住在一楼的客房了。

晚餐是公务员小徐做的，他不仅是首长的公务员，还兼着炊事员。四菜一汤，江副军长还从酒柜里拿出一瓶酒，放到餐桌上。他忙打开酒，倒一杯给江副军长，另一杯显然是自己的，他只倒了一点。江副军长看到了大声道:“倒满,到家里了,一定要喝好。”

几杯酒之后,张老师看了他一眼道:“满全,你和小歌现在都是正连职干部了,也老大不小了,你们准备什么时候结婚?”

他望眼江歌,江歌似乎没听见母亲说的话,自顾着在吃饭。

他忙说:“我听小歌的。”

张老师喝口汤,把汤勺放到碗里:“你们在师里工作,我们又不在你们身边,你们要早点结婚,我们也好放心。”

江副军长点点头道:“小歌别拖了,抓紧把婚结了。”

江歌仍不说话。

结婚对于李满全来说,是他的终点。现在他在全师人眼里是准女婿,若是结了婚,他就是堂而皇之的江副军长的女婿,这种身份的转换成色是不一样的。

在江歌面前,他深深地自卑着。虽然江歌发生过那件事,他也听到过许多人议论,若是江歌不发生那件事,她是不会和他谈恋爱的。他也想过江歌发生的那件事,但和自己前途命运相比,那件事在他心里简直不值一提。没有和江歌这种关系,就没有他的今天,他深知这一点。他见江歌不说话,便说:“阿姨,要不,我们元旦就结婚。”

张老师马上道:“这样好,就定元旦吧。”

江歌放下碗,说了句:“我吃好了,有点累,我上楼休息去了。”

江歌转身上楼了。

晚上,李满全躺在一楼房间里的床上,却久久睡不着,他不知道江歌是怎么想的。以前他也问过,江歌总不搭他的茬,说到这时,就把话岔过去。他想结婚,想早日和江歌成为一家人。

江歌睡前,母亲来到了她的房间,江歌倚在床上,她坐在床沿上，冲江歌："你们就定在元旦结婚吧，别再拖了。"

江歌说："妈，过一阵再说不行么？"

母亲："满全这人不错，对你照顾得也很好，妈不在你身边，有这么个人照顾你，我也放心了。"

江歌："妈，我不想这么早结婚。"

母亲望着江歌，半晌才道："小歌，我知道你心里想的什么，林松结婚了，听说女方是军区医院的医生。'五一'结的婚，我和你爸还随了份子，让人捎到军区去。"

江歌的身子僵在那里。

母亲拉过她的手道："小歌，妈也觉得林松最适合你，可人家拍拍屁股走了。咱不强求，当初你想不开，是满全陪你走过来的，相信妈的眼光，满全对你不会错。"

见江歌没有说话，母亲又说："满全家是农村的，出身差点，咱们不挑他，这辈子有个男人能对你好，你爸和我就不为你操心了。你爸也是这么想的。"

江歌说："妈，我困了。"

母亲起身："那你早点睡，明天一早和满全去市里转转，别窝在家里。"

母亲的门刚一关上，江歌的泪水便夺眶而出，林松结婚的消息，对她来说是噩耗。她和林松从小就认识，那会儿，父亲每次去军区看望林松父亲都会带上她，大人说话，林松就陪她在院子里玩。一直到林松来师里参军，两人相见还是和过去一样，似乎两人就不曾分开过。后来两人又一起提干，那会儿，全师人都说，林松和她是天生的一对，她也觉得和林松是那么般配。正当她憧憬着未来时，自己出了那件事，林松悄悄调走了。她大半年没上班，一多半原因是因为林松。林松调走后，没给她打过一次电话，也没来过一封信，就像不曾有过这个人一样。

当她听到林松结婚的消息时，她心里仅存的那一丝幻想彻底破灭了。

李满全在她心里有似于无，就是有个作伴的，找个保姆而已。要说爱，此时她心里一丁点也没有那种感觉。既然林松结婚，她便心如死灰，她认命了。

那年的十二月三十一号，她和李满全领了结婚证。

婚后

领证的当天，李满全给张老师打了电话，就在警卫连连部办公室里。电话是张老师接的，他轻轻地叫了一声："妈。"张老师在电话那端说："你们领证了？"他说："妈，我们下午三点钟在县民政局办的。"

他听见张老师吁了口气。这个仪式他盼了好久了，以前他只是江歌的恋爱对象，他只能叫江副军长为首长。他现在要改口了，他有些遗憾，电话不是江副军长接的。他迫切地想叫一声爸爸，但他还是说："我爸在上班呢吧？"张老师道："他到军区开会了，可能晚上回来。"几个月来，张老师不论给江歌或是给他打电话，都在催问他们结婚的事。江歌接到电话，总是模棱两可，母亲就一遍遍地催。他接到电话，每次都会说："阿姨，快了，我和小歌商量。"

他又一次和江歌商量领证时，江歌道："那就领去吧。"终于他们领证了。

从那天开始，他觉得自己变了，现在是江副军长的女婿了。他走在营区里，有一种与众不同的感觉，脚下的铿锵之声更加自信。他不停地跟人打着招呼，人们就问："李连长，怎么这么高兴?”他抿着嘴笑一笑道:“我结婚了,来吃喜糖。”他从兜里掏出几颗喜糖塞到人家手里。问话的人就说些花好月圆的话。他谦逊着微笑,铿锵走去,腰板挺了一下,又挺了一下。

虽然结婚了,他和江歌的关系仍然是以前的老样子,每天晚上他都会去她宿舍,先做饭,吃完饭帮江歌揉肩捶腿,然后泡脚,切好水果。江歌并没有留他过夜的打算。每当他忙完这些,江歌就说:“你回吧,我该睡了。”

有几个周末,他忙完这一切,想留下来,话到嘴边了,看到江歌的样子,他又咽了回去。

一直到春节,在春节前,张老师几次三番地给他和江歌打电话,让他和江歌一起到家里来过个团圆年。

春节临近,指导员的家属来探亲了,请他去招待所吃饭,指导员就说:“李连长,我家属来队了,今年春节我值班。你想去哪就去哪。”

他就说:“我妈我爸打了好几次电话了,让我去军里过年。”

指导员忙说:“去,干吗不去。你们新婚,又是第一个春节,一定要去。”

他算了一下,提干之后还没回过自己的家。每年春节父母都会让哥哥给他写信,希望他回来过年,他只能回信,遗憾地告诉父母:“春节要值班,回不去。”

自从和江歌恋爱,他就写信告诉了家里,父母高兴的样子在哥的信中就能看出来。哥以父母的口气说:“满全,你出息了,找了师长家的女儿做媳妇,我们全家人支持你。啥时候领媳妇来家里一次,让全村老少看看,女兵是个啥样子。”

有一次,哥在信的结尾以自己的口吻加了一句话:“弟,告诉你一个消息，马香香考上省里的农业大学了。她现在是个大学生了。全村人都羡慕她，都说咱们村出息了两个人，一个是你，一个是马香香。弟，有空回来一趟吧，给咱们全家长长脸……”

他接到哥的来信，心里百感交集，从他当兵离开家的那一天，父母每次来信都关心他的进步。他们家祖祖辈辈就生活在那片土地之上，他们又爱又恨那块土地，他们多么希望李满全能走出那片土地呀。现在他终于完成了父母亲人的嘱托，离开了那片土地。

哥告诉他马香香的消息，他心还是咯噔一下，马香香来队，那样对她，他也是无奈。马香香和江歌他只能二选一，况且，他已经提干了，他不能辜负父母和亲人的一片希望，他要往前走，不能向后看。他要是娶了马香香，他注定离不开那片土地。为了挣脱那片土地，他只能狠下心断绝和马香香的来往。他得知马香香考上大学的消息后，经常在内心里会想起她。有时会拿马香香和江歌去比较，马香香没有当军长的父亲。一个连职干部在整个干部序列里，还是个小人物，小的不能再小。往上数，有营职、团职、师职……别看这几个职务之差，有人熬到转业，还在原地打转。他要进步，就离不开江副军长的影响。

那年春节，他和江歌一道又去了省城江副军长家。江歌的哥哥，江文武带着老婆孩子也来了。两人还是第一次见面，他叫了一声哥。江文武伸出右手，两人握了一下。上下打量着道："你就是李连长啊？"

三十儿晚上，一家人围在一楼的客厅里看电视，中央台春节晚会刚播过一届，此时是 1984 年的春节，第二届春节晚会吸引了更多人的关注，家家户户都响起了春节晚会热闹的声音。电视是东芝牌二十一寸彩色的。一家人围在一起看电视。李满全却一直忙碌着，他一会儿炒瓜子，又炒了花生，又不停地往每个人杯里续水，还要不停地削水果。但他仍然兴奋着，爸妈哥嫂地叫着，更重要的是，在二楼江歌的房间，张老师已经为他们准备了一床大红的被子，床换成了双人的。下午的时候，张老师领着他参观过了房间。张老师指着房间道："这是你和小歌的，你哥嫂住在你们隔壁。"

第一次来到江副军长家时，他住的是一楼的客房，这次身份变了，当然就不一样了。他忙碌却幸福着，一想起那床红被他就忍不住地兴奋。

终于熬到李谷一的《难忘今宵》响起时，江副军长和张老师打着哈欠回楼上休息了。哥嫂带着孩子也上楼了。他开始打扫卫生，把瓜子壳、花生皮清扫干净，又把茶杯倒掉，洗净。江歌仍然倚在沙发上看电视，电视里已经没有什么内容了，他催了几次江歌，她才从沙发上坐起来，趿着拖鞋上楼。他忙关掉电视，跟江歌上了楼，刷牙洗脸之后，两人进了房间。火红的被子就在眼前，看得他心惊肉跳。

江歌脱去外衣，坐在床沿上，他突然想起江歌还没泡脚，便说："我去烧水。"江歌说："算了吧，太晚了，明天再说吧。"

江歌钻进被子里，他忙脱下衣服也上了床。灯还开着，他小声地问江歌："开灯么？"她说："关上吧。"他起身又关了灯。一切都黑下来了，也静了下来，熟悉又陌生的江歌就在他的身边。他心咚咚地跳着，慢慢地把手移过去，碰到了她的手，握住，他的呼吸沉重起来。他鼓起勇气，翻个身，暗中他看不见江歌的表情，伸出另一只手搭在江歌的腰上。江歌没动，他顺着她的内衣把手放进去，他感到她的身子一紧，他把她扳过来，两人面对着，呼吸交融在一起。他找到了她的嘴贴过去。她没拒绝也没抗拒，他的舌头碰到了她的嘴唇和牙齿。牙齿成了一道门，他喘息着，手向下伸去，突然她推开了他的手，身子像石头僵硬起来。他停住了手。他重新把手从她内衣里拿出来，放在她背后，像婴儿一样地拍着她。过了好久，她的身子慢慢软了下来。他试探着又把手伸到下面，她又一次僵硬起来，还不停地颤抖。几次反复之后，她呻唤道："把灯打开吧。"他伸手打开了台灯，灯光暖暖地照过来。

她把头伏在他怀里，他抱着她的背，手又一次向她的身下试探地摸过去。她推开他："不行。"她闭着眼睛，表情痛苦又绝望。他放弃了，伸手关上台灯，把她搂过来，小声地说了句："睡吧。"

他发现自己胸前湿了，伸手去摸，是她的泪。他拍着她的背道："没事小歌，我就这么搂着你。"她哭出了声。他忙用被子把两人盖起来，拍着她的后背道："别哭小歌。"在他的安慰下，她渐渐平静了。偎在他怀里，渐渐睡去。他却没有睡着，他想到了刚发芽的玉米地，一片狼藉的脚印和被身体压平的土地。他明白，江歌之所以这样，都是因为那一次。他没想到，那一次，对江歌心理会有这么大的影响。他听着她平稳的呼吸，他的眼泪流了下来。

大年初三，江文武走了。带着老婆孩子去了岳父岳母家。江副军长家冷清了下来。春节公务员兼炊事员放假了，这几天是江歌嫂子做的饭。他们一走，做饭的任务李满全承担了起来。初五的下午，他和江歌乘上了归队的列车。

回到了部队，日子似乎又回到了从前，他每天到江歌住处为她做饭、洗脚、切好水果，在熄灯号吹响前他才离开宣传队，回到连队。周末，做完这一切，他也倚在了江歌的床上，江歌就在他身边，倚着身子看书。他伸手抱住她的腰道："今晚我和你住在一起。"江歌没有反对，身子没动，仍在专心地看书。熄灯号吹响后，他脱去外衣，钻到被子里，江歌起床上了趟厕所，回来时，也脱去外衣上床了。床小，每次翻身都很小心的样子，他尽力让自己的空间缩小，侧着身子。江歌背对着他，他的手挎过了她的腰，半晌，他的手在动，寻到她的内衣扣，一个又一个解开。她仍不动，只有呼吸声。他碰到了她的肌肤，滑顺带着温度。他的身子热起来，呼吸也变得粗重，他鼓足勇气，把她扳过来，压在她的身上。她"呀"叫一声，试图去推开他。他没动，去褪她的内裤，她死死地抓住自己的内裤，又"呀"了一声。住在江军长家时，房间紧邻，他不敢有大动作，只要江歌稍有反抗，他便会停止动作。最亲近时，就是两人相向，他搂着她的腰同床而眠。现在不一样了，这是宣传队的宿舍，一楼就住着江歌自己。队员们都住在二楼。一楼其他房间都是练功房，还有仓库。他压在她身上，以为自己就要胜利了，她不知哪来的力气，一下子把他蹬翻在床下。她蜷着身子，依在床上，她在抽泣。他爬起来，站在地上，望着床上抽泣的江歌，一时不知如何是好。她抽泣着说："满全，我有阴影了，我怕。"他叹口气，重新上床，拿过一个枕头，放在床尾，他低声说："没事，睡吧。"

她慢慢地舒展了身子。他拥过她的腿，这是一双修长、饱满又结实的腿，他每次为她洗脚都令他着迷的腿，他拥过来，抱在自己的胸前。掖了掖被子道："睡吧。"

重复数日之后，他终于冲她说："小歌，要不咱们去看看医生。"

她不谙世事地望着他："看医生？怎么看？"

他盯着她："你这个样子也不是个办法，你到底怕什么？"

她垂下头，眼圈红了，许久她喃喃道："你一对我那样，我就会想到那年在玉米地里发生的事。"

他说："可过去好几年了，我不在乎，你怕什么？"

她拼命地摇着头，头发散落下来，遮住她的脸。

他叹口气道："咱们还是去医院检查一下好吗？"

他这种话说过几次之后，她终于同意了。那天，他们一同去了县医院，做了一次体检，检查结果一切正常。他拿着体检报告单道："一切都挺好，也没什么呀。"她摇了摇头。他只能把气叹在心里了。

一次张老师打电话过来，办公室就他一个人，门也关着，连队的人都在会议室里政治学习。他委婉着把江歌的事跟张老师说了。他最后说："妈，没事。我都习惯了。"张老师在电话那端小声地说了句："怕啥来啥。"便放下电话了。

不久之后的一天，张老师又一次打来电话道："满全，你和小歌来一趟家里，你爸托人在省医院联系了一个心理医生，说是能治小歌的病。"他应了。

他们来到省医院时，一个年近六旬的女大夫接待了他们两人。先是让江歌独自进去，他坐在门口的椅子上等。对面的墙上贴着老医生的照片，还有她的简历。老医生年轻时毕业于北京一所名牌大学，还在英国留过学。仅凭介绍，他对这位老医生就敬重了几分。不知老医生和江歌聊了些什么，两个小时之后，江歌出来了，示意他进去。他走进诊室，坐在医生的对面。老医生慢条斯理地道："你爱人没什么大事，这件事你不要急。"说了一些他并不懂的一些医学术语后，便又道："你们两个去旅游吧，出去玩一玩，散散心。”

回部队不久，两人休假，他们从结婚，还没休过假。这是他们第一次单独出来旅游，他们到了北京，住在前门附近的一家招待所。他们去了天坛、北海、颐和园，还去了长城。江歌带了个相机，两人拍了许多照片。返程的前一天，去吃了全聚德的烤鸭。两人回到招待所，看着冲洗出来的照片，回味着这些天的游玩，又疲惫又兴奋。后来，两人在楼层公共洗漱间洗了澡，江歌出来时头发仍湿着，坐在椅子上整理头发。他站在她身后忙给她擦头发。七月份，已经很热了。他们穿得很少，他站在她身后，看到她雪白丰腴的肩和背，双手在上面爱抚着，她闭上眼睛享受着。不知过了多久，她小声地说：“满全，咱们躺下吧。”

他把她抱起，放到床上，倚在她的身旁爱抚着她，他伸手关了灯，半扇窗帘没拉，窗外透进的光亮，让房间朦胧着。他的手从上到下爱抚着她，他先是褪去她的内衣，又褪去她的内裤。她一直迷离着，样子似睡非睡，他猛然把她抱在怀里，她又“呀”了一声，似惊醒了。他伏下去，终于她“呀”的一声叫了一下……

事后，他把她抱在怀里，咻咻着道：“小歌，这辈子我一定照顾好你。”她的枕上是湿的，他伸手摸到了她脸上的泪。他更紧地拥紧了她。她也回应着……貌似幸福地相拥在一起。

江歌知道，她拒绝他不完全是她心里的阴影，一大部分是因为林松。每次李满全和她亲热时，她都会想起林松的身影，那时她就会想，要是林松会怎样？这么想过，睁开眼，眼前却是李满全，她便兴致全无了。这次旅游，两人天天在一起，貌似情感有所加深，她终于接纳了他。生活就是另外一个样子了。

告别

许多军人的命运转折是从这一刻开始的，1985 年历史中最大的一次裁军开始了。被后人称为“百万大裁军”。在这次裁军中，江歌李满全也没能幸免。

他们所在的师连同番号一起被撤销了，他们面临转业和全军一百万人将离开部队的局面。

李满全和江歌都是全师最年轻的连职干部，他们有千万条理由奔着未来而去，此时，随着一纸命令，他们的梦想也就此夭折了。

江副军长没有再一次帮助他们，自己也被宣布提前两年退休了。

转业后的江歌和李满全的户口落在了张老师的户口本上。江副军长因为是军人，他不是户主。张老师的户口在省城，两人名正言顺地来到了省城。

因为江歌是师宣传队的队长，有专业，她很快联系到了省里的文化馆。文化馆是事业编制，她以连职干部的身份到文化馆报到了。

李满全的工作却受到了波折，地方一下子接收这么多转业干部还是第一次，消化这么多干部就遇到了困难。江副军长有些战友在地方工作，他不停地打电话求战友帮忙，安顿李满全。那会儿的李满全心灰意冷，好不容易在部队干到连职干部，没想到这么快就转业了。好在他的户口进了省城。江副军长也退休了，他最大的靠山倒下了。

终于在江副军长老战友的帮助下，他被安置到了省林业厅，报到几天后，他又被林业厅分配到了林场。林场又把他分配到了采伐站，他任站长。林场在省会的郊区，采伐站在山里。

采伐站有几十名工人，李满全成了采伐工人的队长。在山沟里，有一排房子，房子的尽头是一间办公室，办公室一桌一椅，桌子上有一部电话，扔着几张过期的《人民日报》，这就是李满全的办公室了。

采伐站在春夏秋这三个季节里，没有采伐的任务，工人上班就是点个卯，聚在一起打扑克喝酒。

工人们无事可做，李满全自然也无事可做，他就在办公室里看过期的报纸。所有的报纸和信件得他去场部开会才能带回站里来。场部什么时候开会并不好说，要等场部通知。他最爱看的就是《人民日报》的军事版。报纸上说：百万裁军是又一场战役。还说：军人要有一颗红心两手准备。有一篇文章，是裁军的一个干部写给《人民日报》的一封信。信中说：自己任团职干部五年了，已经快五十了，响应裁军的号召，脱下军装回了地方，回到家乡的街道工作，从不适应到适应，终于找到了新岗位的乐趣。

他把报纸扔在一旁，点了支烟，自己还不到三十岁，来到了大山里。只有周末才能回到城里。

江歌住在江副军长家里，他们刚来省城，还没有自己的家，只能暂时住在江副军长家里。退休后的江副军长，人似乎一下子老了许多。没事可干的江副军长，每天起床，先在院里散步，不时有上班的首长在他身边路过。那些首长提着公文包，穿着军装，皮鞋擦得油亮，铿锵地和他打着招呼：“老江，散步哇。”他背着手：“退休了，不散步还能干啥。”首长们就笑一笑，从他身边走过去。以前他会称这些在职人的职务，这个首长，那个政委的。现在他退休了，就省去了那些称呼。见到比自己年龄小的，就称小，比自己年龄大的称呼老。他不停地小胡、老张地叫。

江副军长的隔壁住着张军长，张军长退休有几年了，老张在这之前到他家坐过，长长短短地聊过几次天。那会儿他忙，没时间多搭理老张，现在他退了，和老张军长一样了，两人就经常聚在一起下象棋。下几局，累了，便喝茶聊天。一聊就聊到年轻那会儿，老张军长和江副军长之前不在一个部队，一个三野出身，一个是四野的。两人就聊那些各自参加过的战役，他说他打的那场战役惨烈，另一个说，自己参加的战斗悲壮。呼来吵去的心里就不痛快，也不打招呼，背着手走了。另一个拿棋子出气，把棋子摔在棋盘上啪啪响。

周六晚上，李满全从采伐站回到家。平时没事，他在山里采了些野菜、蘑菇、蕨菜之类的，带到家里，交给张老师。江歌就在城里上班，每天都能按时到家。她现在是文化馆办公室副主任，在她前面还有两个副主任，她是第三号副主任。每天上班，也没什么事可做，文化馆的工作是基础群众的文化工作。平时设了几个培训班，教老人下棋跳舞，还有画画书法，也有一些少年舞蹈培训班。每一期报名完成后，就没什么事可做了。许多人就在办公室里做毛线活，江歌学会了毛线活，买了许多毛线给父母织毛衣，已经完成一件了，江副军长试过了，放到柜子里等秋天穿。毛衣织累了，她就会站到窗前唱歌，唱《红梅赞》，也唱《沂蒙颂》……每次听到江歌站在窗前唱歌，张老师就叹气冲江副军长道："小歌的歌唱得这么好听，真是埋没她了。"

江副军长望着天棚叹气，虎落平阳的样子。

晚上一家人坐在一起吃饭，李满全总会陪江副军长喝几杯酒。江副军长不知怎么了，一喝酒话就多，说自己当团长当师长那会儿，壮志未酬的样子。李满全也感慨，说自己是全师最年轻的连长，要是不裁军，说不定他现在就是副营职干部了。

张老师插话就问他采伐站都干什么工作，他顿一下道："妈，我们采伐站挺好的，现在没有采伐任务，平时学习，组织人去采点野菜啥的。妈，蘑菇好吃吧，新鲜，昨天工人采的。"

张老师为一家人操心，江副军长退了，江歌和他又都转业了。习惯了军人的她，也有些不适应。就说，自己嫁给江副军长时，江副军长刚从朝鲜战场上回来，那会儿她就冲着江副军长是军人才嫁给他的。这么多年了，他一直穿着军装，从营长一直到副军长，现在军装不穿了，她没抓没挠的。又看眼江歌和他道："你们这么年轻也转业了，我咋就觉得不踏实呢。"

江歌安慰道："有啥不踏实的，别人能过，我们也能过。"

张老师叹口气望着李满全："满全，你这一周才回来一次，家里好多事都不能照顾。"

江副军长退休，公务员兼炊事员也调走了。没那个待遇了，家务活就落到了张老师一人身上。

他马上应道："妈，虽然我一周回来一次，活都给我留着，我回来干。"

张老师只能无助地叹气。

周日的时候，李满全把楼上楼下的卫生都打扫了一遍，又把全家的衣服放在洗衣机里洗了，晾在小院里。晚上，把每件衣服叠好，江副军长和张老师的送到他们房间，自己和江歌的，他放到自己的房间柜子里。并交代江歌，放衣服的出处。江歌一边织毛衣，一边应了。

周一大早，他第一个离开家门，先是坐公共汽车来到林场的班车点，再换坐班车到林场。到林场后，他还要骑自行车，沿着山路来到采伐站。其他上班的工人，也大抵如此。有几个外地在这工作的工人，住在采伐站，只有过年过节，或者休年假才会离开。

日子不好不坏，稀松平常地过着。

有一个周末他回家，江歌把一张医院的化验单放在了他的眼前，他没看懂，问江歌:“这是什么意思?”

江歌说:“我怀孕了。”

他“哦”了一声，又认真地把化验单看了。

江歌怀孕了，这是一家的大事。张老师把他叫到楼下客厅，两人坐在沙发上谈了一次。张老师是过来人，教他女人怀孕的注意事项。他怕自己记不住，还拿着小本把张老师列出的重点一一记下了。

想着自己就要当父亲了，心里还是激起几层涟漪，想自己的孩子一下子就出生在省城，他为孩子感到骄傲。他又想起老家靠山大队。现在靠山大队已经改成村了，公社改成乡了。

自己从靠山村走到部队，又在省城落户，他欣慰又幸福。他拿着工资，国家单位的编制，干部。他从心里感到踏实。

江歌却不这么想，她知道自己怀孕那一刻有些绝望。没结婚时，她有许多幻想，后来结了婚，幻想少了，现在又怀孕了，她有些不甘心，想把孩子打掉。一想到父母和李满全，他们肯定反对，她想挣扎，却没有气力。她在心里叹了，只能暂时默认现在的生活。

相遇

李满全去场部开干部大会，他竟然看到了马香香。

马香香正在为参会人员发放材料，眼前的马香香已不是以前的马香香了，她现在是场办秘书，举手投足完全是秘书风范。她的目光坚定地扫视着会场，一边发放材料，一边有条不紊地指挥着工作人员跑东忙西。他看见马香香，怔在那里，在这之前，他只知道她考上了本省的农业大学，在省城工作，这是哥哥在信里告诉他的。几年过去，没想到竟然在这里见到了她。

他硬着头皮走过去，站到马香香面前。领取材料的人，先要通报姓名和单位，由工作人员登记，才能领到材料。他通报了姓名和工作单位，奇怪的是，马香香连头都没抬一下，像对待所有人一样，她把材料推到桌边一角，对工作人员说：采伐队资料一份。说完这话，连头都没抬一下，便说："下一位。"

他领到学习材料，坐在角落里，看着马香香，她对他的态度陌生，他甚至怀疑眼前的她，并不是以前他熟悉的马香香。

那次会议，一连召开了三天。这是他转业到林场以来，第一次召开这样的会议，也认识了这么多人。和他坐在一起的一位股长，姓于，连续几天开会，两人熟悉起来。在开会时，他小声地望着主席台一侧的马香香问："于股长，那个女秘书，是不是姓马？"

于股长压低声音："你不认识她？她叫马香香，爱人在厅里工作，她的权力相当于半个场长。当初你转业来到场里，场长本想把你留在机关，是她不同意，你才去了采伐队。"

他听到这一消息，如五雷轰顶。此马香香就是那个熟悉的马香香。在这之前，他做梦也没想到，在这里会遇到马香香。此时的马香香已不是以前的马香香了，她是在林场大权在握的马香香。

事后他了解到，当年马香香来林场时，场部敲锣打鼓举行过欢迎仪式，原因是：她是分到林场为数不多的大学生之一。深层次的背景少数人才知道：马香香的丈夫，姓许，是林业厅的一名副科长。这还不重要，许副科长的父亲是省委秘书长。人们一直传说许秘书长马上要当副省长了。

后来李满全才了解到，马香香找了位高干子弟的师哥谈恋爱。师哥毕业了，她仍在大学学习。她毕业时，是挺着肚子结的婚。结婚没有两月，她就生了。这个师哥就是现在的许副科长。

林场的老人都知道，凭马香香的背景，她到林场是镀金的，要么在原地当场领导，要么调走高升。丈夫毕业三年就已经当上了副科长。就凭这一点，她有理由很快便会得到提升。

他第二次见到马香香时，是他到场办送生产计划报表。马香香一个人在办公室里，他敲门进来时，她抬了下头，见是他进门，便埋下头，忙着手中的什么东西。他走过去把报表放在她的桌前道："马秘书，这是我们队的工作计划表。"

她仍头不抬地说："放那吧。"

他把报表放下，转过身，走到门边，他立住，又扭过头道："马秘书，你没有必要装作不认识我。”

马香香把笔扔到桌子上，抬起头道：“我认识你，不仅认识你，还对你印象很深。”

他笑了笑道：“我刚来场部报到时，听说你不同意我留在场部？”

她撩了一下头发，居然笑了，然后道：“李队长，连这个你也知道？”

他没说话，笑一笑。

她拿起笔，又埋下头道：“在基层锻炼对你有好处。”

他转身走了。

和马香香重逢，让他想起了“命运”这个词。世上许多事真是世事难料，他只能这么理解。

江歌就要生产了，他只能每天坐班车赶回城里。每次坐班车都会遇到马香香，之前一直没有遇到。在这之前，每逢周末，马香香都会提前半天离开场部，她孩子还小。她的特权是场长特批的。现在每次坐通勤车，每次都能见到马香香。班车的第一站就是林业厅家属院门前，每次车停到这里，马香香都会在这里下车，然后挺胸抬头地向林业厅家属院走去。

他刚分配到林场时，就打听过何时能分配房子。场长呲着牙，半晌才说：“咱们这是林场，不是机关，我来这五年了，还没听说过给咱们这里的人分过一套房子。”场长是从厅机关过来的，之前他在一个处当副处长，因为和处长不和，便被下放到林场，表面上调了一级，林场是正处级事业编制，厅机关是公务员编制。待遇天壤之别。

场长姓杨，四十多岁的中年人。他想离开林场，又苦于没有关系，人就显得很颓废，做一天和尚撞一天钟的样子，很少来场里，以在机关开会或学习的名义，没人知道他在城里忙些什么。场长配了一辆桑塔纳轿车，嗖一下来了，嗖一下又走了。神龙见首不见尾。

场里老人说，杨场长不甘心在林场受冷落，现在到处找人活动要调走呢。马香香的爱人是机关副科长，父亲又在省政府工作，他不敢得罪马香香，当祖宗一样供着。全场上下无人不知，无人不晓，场长的行踪也只有马香香一个人知道。场里有急事找场长，也只有马香香才能找得到他。渐渐地，马香香在林场的地位就凸显出来。两位副场长也明镜似的，碍于马香香的关系，也没人说破。

江歌要生了，已请假休息了。李满全一到家，总是忙前忙后，一直到给江歌洗完脚，才能舒口气。

家还是这个家，江副军长一退休，整个家就没了气场，自然就冷落下来。在李满全眼里，昔日无比辉煌的小楼，一下子暗淡了。

江副军长已经不是以前的样子了，穿双拖鞋，一条肥大的军裤，一件分辨不出颜色的老头衫，皱巴巴穿在身上，趿着拖鞋楼上楼下地走，仿佛丢了魂。

李满全忙活这个家，一大早起来，坐公共汽车赶到班车点，再赶到场部，再骑半个小时的自行车，才能赶到采伐队。他突然觉得很累，身体累，心也累。

晚上醒来两次，莫名地就想到了马香香，一想起马香香便再也睡不着了。一天他突然想：要是自己和马香香结婚会怎么样？他再也睡不着了，下了床，走出房间来到楼下，他坐在饭厅里，点了支烟。

从那以后，他经常失眠，一失眠就会想起马香香。

当然，他知道生活没有如果，真有如果，他娶了马香香就没有他的后来了。意外的是，他有一阵那么讨厌的马香香，现在他见了她，他的心又动了。一种说不清的情愫在心里涌过。是因为她手里的权力，还是这个人？李满全想不清楚。

危机

李满全每日狼狈不堪地奔波在采伐队和城里的家之间，为了结束这样的生活，他写了份申请，希望调到场部工作。要是能调到场部工作，每天就会节省一个小时，也会节省许多体力。申请送到场办，几个月过去了，他的申请如石沉大海。

他想到了马香香，也许是她把自己的申请报告压下了。就像当初他分配到采伐队一样。他下决心绕开场办，直接找场长谈谈。那天他坐班车下来，没有去采伐队，直接敲开了场长办公室的门。杨场长在喝茶看报纸，见他进来，捋了捋头发，人到中年的杨场长已经谢顶了，只剩下一圈的头发。在有人的场合，他非常重视自己的仪表，不停地捋头发，让周边的头发更好地包围光秃的部分。

李满全掏出支烟，放到场长的桌子上，场长没吸他递过去的烟，而是点燃自己的烟，暖暖地叫一声："李队长，你看你都分来这么久了，我还没找你聊聊，你今天来得正好。"

李满全这是第一次单独接触杨场长，他见杨场长这么温暖地说话，他恨自己来找杨场长太晚了，他就把自己的困难说了，也把自己希望调到场部工作的愿望说了。

场长当即答应，马上要开会研究。

李满全幸福地离开了杨场长办公室。路过场办门口时，他看见马香香正埋头填写什么。他想过去打个招呼，马香香发现了他，并没有抬头的意思。他只冲另外几个场办的人招了招手，离开了场部。

他一直没等来自己调场部的决定，却得到了马香香提升为场办主任的消息。场部调整人员的任命，作为文件下发到各个单位，文件上盖上大红印章。这次人员调整，他没见到自己。不久后的一天，他又一次敲开了杨场长的办公室，杨场长还是温和地告诉他，他的问题正在研究。既然组织还在研究，他只能等待。

有一次坐班车，他和场部机关的人聊起了自己的申请，那人耳语着冲他说："这事你得找马主任，咱们林场，她当一半家。"

他怪异地望着这个人，那人见他不解，小声地说："马主任不打报告，没人会研究你的事。"他想起了自己的申请送到场办时，人们看他的眼神，眼神里话里有话，又不能明说的样子，他终于明白，自己一直没调到场部原因出在哪了。

他下决心找马香香谈一次。一天下班前，他专门早些离开采伐队，来到场部，敲开了马香香办公室的门，自从她当上场办主任之后，就有了自己独立的办公室。他进门时，马香香正在打电话，他推门进去时，马香香侧过脸去，一直把电话讲完，放下电话，公事公办地问："你有什么事?"场办主任是科级干部了，马香香就很有科级干部的样子。

他坐在马香香对面的一把椅子上，开门见山地说："我要调到场部工作，理由已经写在申请报告上了。半年前交给过场办。"

马香香啧着嘴说："你的困难我们研究过，像你这种情况，咱们场有很多,要是给你开了口子,都调到场部工作,基层的工作谁来做?”

他盯着马香香,心里燃起一股怒火,一字一顿地说:“咱们当年的事已经过去了,你要心里过不去,你可以骂我,别干小人的勾当。”

马香香听了他的话,靠在椅子上笑了,捋了捋头发道:“李满全,你高估了自己,我当年要是嫁给你,我能有今天么?”

此情此景,她说的话并非无道理,他咧了咧嘴角:“咱们毕竟是同学,怎么也比别人更了解吧。”

她拿起桌上的笔在手里摆弄着道:“李满全,正因为是同学,才让你去当了采伐队长,咱们场里这么多转业干部,有几个当上了部门领导。当初场里接收你,正是因为你是我同学,才把你材料送到场党委会上研究的。”

他不想听她的话了,站起身,冷笑一声道:“马主任,那就多谢你了。”

他转身走出她的办公室,恨不能一拳砸在墙上,他忍住了。他回到队里,坐在自己办公室里才渐渐平静下来。当初他入党提干,他认为自己的梦想已经实现了,虽然他不情愿离开部队,转业到了省城,他仍觉得自己是幸运的。不论怎么说,他是吃公家饭的人,不论到哪里,他也算是国家干部了。可一转眼却变成了马香香的下级,采伐队按编制充其量是个股级,马香香却是科级。

当初他以为自己和马香香分道扬镳,就不会再有任何纠葛了,没想到他们又走到了一起。而且她把他当成了仇人。这是他内心感受到的,她所做的所说的一切都是那么冠冕堂皇,她越和他打官腔,他越能感受到她的敌意。

事情还没有完，第四季度，马香香带着场办的人来到采伐队进行考核，考核的原因是采伐队没有完成工作计划。今年雪来得早，又下了几场大雪，影响了采伐队的工作进度。马香香代表场党委来到采伐队开了一次会，她回去不久，场办对采伐队的处理意见就下来了。扣除采伐队一年的奖金，免除李满全采伐队队长职务，降为副队长。因暂时没有人选接替队长，他暂代理队长。

当他接到场里的决定文件时，有种虎落平阳的感觉。生活的落差让他心灰意冷，他意识到这地方他待不下去了。

他要离开这个地方，离开马香香。他突然有了要报复马香香的冲动。他如何调离此地，他又一次想到了自己的岳父江副军长。到目前为止，江副军长是他最大的靠山，虽然江副军长早就退休了，他希望自己的岳父能发挥一次自己的余热，拯救他于苦海。

从这次开始，他把对马香香的幻想彻底打碎了。他要报复她，唯一的办法就是要比马香香活得好，让她来求自己，只有这样才一解他心头之恨。

何处是芳草

江歌迟迟没等来李满全的工作调动，照顾孩子的重担一大半落在了江歌身上。孩子刚出生不久，要洗尿布，买奶粉，还要三天两头地去打防疫针。虽然李满全现在每天都能回来家，但都是班车到达城里的时间。班车到达林业厅家属院时，已经傍晚了，他又转乘公交车，有时到家里，江副军长一家已吃过晚饭。他来不及吃饭，便忙碌起来，把堆成小山的尿布洗了，刚洗好尿布，江歌又说：家里没奶粉了。他又忙着去超市，有几次时间晚了，他赶到超市时，超市已经关门了。他望着超市欲哭无泪。江歌自从生完孩子后，奶水一直不足，隔三岔五地就要去买奶粉。奶粉没买到，江歌看着他空着手走回来，便发火了："李满全，孩子不是我一个人的，让你帮点忙怎么这么费劲呢，说调工作，到现在还没调成，我看你就是成心的。"

他内心有千万种委屈却不能说出来，孩子没生时，江歌就让他调工作，为的就是每天能早点回来。江歌自从生完孩子，人的性情大变，以前那个与世无争的大家闺秀，此时已经入俗入世了。他们现在过的是普通人的日子，只能入俗入世了。

张老师走进来，叹口气道："明早我去买奶粉吧，满全还没吃饭。让他喘口气吧。”

他从房间里走出来，来到一楼，他并没有去吃饭，而是坐在了正看电视的江副军长身边。江副军长盘腿坐在沙发上，一只手抠脚，另一只手拿着遥控器不停地换台。他的脸就一明一暗的，客厅没开大灯，只亮着一盏台灯。

他叫了一声：“爸。”

江副军长偏过头，望着他。

他小声地说：“爸，找找老战友，看能不能帮我调动下工作，我现在这样早出晚归的，连个家也照应不上。”

江副军长犹豫着把遥控器放到身边，趿着鞋走下沙发，弯着身子在放电话的茶几下摸索。他忙把大灯打开。

江副军长摸到电话本，戴上眼镜，一页页翻了起来，他的心也跟着紧了起来。江副军长终于停止了翻动，目光定了下来，瞅着他：“这是商业局的小王，以前是三团的参谋长，现在当处长了。”

江副军长抖抖地拨完电话，把身子偎在沙发上。不一会儿电话通了，接电话的就是那个小王，江副军长就热情地说：“王处长，我是老江啊，军里的江万朝。哈哈，我可不是什么首长了，早就退了。想麻烦你个事呀，我女婿小李，对，就是警卫连的李满全，他现在在林业厅下面的林场上班，想调动下工作，你看你们那有没有可能？”

江副军长听着电话另一端说着什么，嘴里嗯嗯着。半晌说句：“理解，打扰了王处长。以后有空来家玩。”

放下电话，摇着头道：“他们商业局现在也在减编制，机关都走了十几个干部了。”

他心凉了下来，江副军长又在翻找电话本。他看着岳父江副军长，他有些恍惚，昔日，江副军长没退休时，精气神是多么的昂扬，他打出的电话就是命令，不容置疑。要是在那会儿，别说调个工作，就是更大的事，也不在话下。

他冲岳父江副军长道："爸，辛苦你了，为我的事四处求人。"

江副军长的眼睛仍在电话本上，又找到一个战友电话，打过去，没接通。江副军长气馁地把电话放下，把电话本放回到原处道："明天我再打，让我想想找谁合适。"

江副军长站起身，佝偻着身子在空地上踱步。这是江副军长多年行伍养成的习惯，每逢思考时就踱步，以前江副军长踱步，腰挺得笔直，脚步落在地上掷地有声。此时的江副军长六十出头，腰都挺不直了，鬓边的白发又多了几许。

李满全在心里叹了口气，不知是为自己还是为岳父。

他几乎放弃了调动工作的想法，每天不辞辛苦地跑着通勤，有时忙到深夜，才能上床休息。这天，他一进门，岳父郑重地跟他说："这回有门了，我找到了你们厅，厅长的秘书。"

他吃惊地望着岳父。

岳父又说："这人你可能认识，他是咱们师部机关干部食堂的管理员小崔。"

他在记忆中搜索着这个小崔，他想起来了，这个小崔个子不高，整日里戴着个套袖。他经常看到小崔和一个战士赶着驴车出营区去买菜。他和这个小崔谈不上熟，但是一定认识。他惊讶，一个食堂管理员怎么到了厅里又做了厅长的秘书。

岳父靠在沙发上道："他的姨父是省政府的秘书长，一从部队回来就安排到了厅里。他是和你一年进的林业厅。"

岳父这么说，他马上想到了马香香爱人的父亲，也是省政府的秘书长，他吃不准是不是一个人，想到这他心里就顿了一下。

岳父仍说："这个周末，你去下小崔家，去看看人家，这个小崔不错，一口答应帮你这个忙。"

他别无选择，在周末时，他找到了小崔家。小崔就是在省城入伍的，他自己的家就住在省城里，刚结婚不久，和自己的父母住在一起。他一进门，小崔很热情地接待了他。两人说了许多部队的故事。快到中午了，他放下东西就要走。小崔执意让他把带去的烟酒拿回去。他就诚恳地说："这礼物是带给老人的，一定得收下。"

小崔不好说什么了，拿起外套穿上拉着他往外就走，说一定请他坐坐，好好聊聊。

那天中午，两人在小崔家附近的一个餐馆里吃了饭，喝了一瓶白酒。两人聊了许多，后来他想起马香香的公公，便问了句："崔秘书，听说你姨父是省政府的秘书长？"

小崔点点头道："我表嫂听说是你同学，那个马香香，也在你们林场，她现在是你们场办的主任。"

刚才见到小崔那高兴劲兜头被人泼了盆冷水似的凉了下来。果然如此，他只能应道："对，有这回事。"

小崔睁大眼睛："那你咋不和我表嫂说？她和你们杨场长能说上话，干吗舍近求远找我？"

他苦笑一下，摇摇头道："崔秘书，我和你说实话，我以前和她有过一段，后来没成。"

小崔恍悟道："这样啊，明白了。我之前还想和你们杨场长说，把你调到场办呢，看来这样不太好。我想办法，你等我电话，半个月内，我一定帮你解决工作上的事。"

他对小崔千恩万谢了。临分手，两人互留了电话。小崔一直把他送到公共汽车站，一直看他上车，才招手向回走。他在车上看见车下的小崔，突然眼圈红了。他又想起在部队的岁月。

见过崔秘书半个月之后的一天，他在采伐队突然接到杨场长打来的电话。杨场长打着哈哈，口气一下子亲近了许多，杨场长说："那个李队长呀，来我办公室一趟吧，咱们见面聊聊。"

他接到杨场长的电话就想到了小崔。上次见面两人互留了电话，他把电话打给崔秘书。崔秘书小声地说："你的事我跟你们场长打过招呼了，我一个小秘书没啥面子，我可是打着咱们厅长的旗号。"

他在电话里谢过了小崔，转身去了场部，在杨场长办公室见到了杨场长。杨场长平时很少来场里，不是在机关开会就是办事，见场长一面并不容易。在这之前，人们一直传说，杨场长要调走了，可一直又没动静。杨场长人就显得很神秘。一杯热茶已经倒好了，热乎乎地冒着热气放在茶几上。他一进门就被场长热络地按在沙发上。场长没有坐在办公桌后，而是端着自己的保温杯也坐到了沙发上。他拍着李满全的肩头道："李队长，你和厅长熟，怎么不早说，还让崔秘书给我打电话。哈哈，你见外了，有困难跟我提，只要在咱们场里，都是小事。"

他看眼场长，想起之前打过的那些报告，他摇了摇头。

杨场长放下杯子，从茶几上拿出盒烟，抽出一支递给李满全，他拒绝了，小声地说："场长，我吸烟少，偶尔抽。"

杨场长点起烟道："李队长，有啥困难你说，崔秘书电话里跟我说，你爱人刚生孩子，需要照顾对吧？"

他点点头："场长，我写了几份报告交给场部了。"

杨场长目光闪烁了一下，望着别处道："李队长，凭你和厅长的关系，机关的科室随你挑，你想去哪？"

他低下头，搓着手，心快速地跳了起来。在这之前，他一直想调到机关，没想到崔秘书一个电话，就把他从悬崖下拉了上来。

杨场长把烟按灭在烟灰缸里："要不这么地吧，我秘书小刘调走了，他上电大毕业了，现在是大学生了，就看不上咱们这座小庙了。我正琢磨找个秘书，李队长，你要不嫌弃就接小刘的班。"

他犹豫着，不知该不该答应杨场长。

杨场长接着说："你不是想照顾家么，当秘书不用坐班，跟着我就行。在城里也没啥大事，场里有事帮我传达一下就行。"

杨场长这么说，他便应了，起身告辞时，杨场长拉着他的手道："你就是我秘书了，明天就来上班，文件马上就下发。"

转眼之间，李满全就成了场长秘书。

第一天上班，司机来接他，然后又去接场长。他坐在前排副驾上，杨场长坐在后面。把场长送到林业厅机关去开会，他和司机就在外面等着。

司机把车开到一个空地上停下来，冲他道："李秘书，有事你忙去吧，上午场长就能开完会，中午我就把场长送回家了。"

他迟疑地看着司机："这行吗？"

司机："有啥不行的，刘秘书在时就这样。"

他看着司机坚定不移的眼神："那我回去？"

司机叼了支烟："你放心走，场长有事会让我去接你。"

他只好转身向前走，刚走两步司机又叫住他："上车，我送你。"

他又上车，司机把他送到他家楼下。他还没下车，司机就说：

“怪不得场长对你这么客气，你家的房子一看就不简单。”

他笑笑道：“我岳父家的房子，我哪有这样的房子。”

司机：“岳父也行啊，再见李秘书。有事呼我。”司机说着拍了拍腰间的传呼机。

他冲司机扬了下手，向楼内走去。

一连许多天都这样。有时几乎一整天都待在家里。

买菜、做饭、照顾江歌和孩子，他一人都担了下来。后来，江歌休完产假去上班，照顾孩子的责任也落在他一个人的身上。偶尔他出去一会儿，就把孩子交给岳母。日子过得祥和安好。

有一天，见到场长，场长把他拉到离司机、车远一点的地方说：“你能约下崔秘书么，我想请他聚聚。”

当天他给崔秘书打了个电话，崔秘书在电话里犹豫一阵道：“你们场长是个官迷，厅里上下都知道，他以前约我好几次了，我都没应，这回看老战友面子，我就应一回。”

他给场长回了话，不久，杨场长就把地址和时间告诉了他。

崔秘书果然如约而至，杨场长颠颠地跑上去握住崔秘书的手道：“崔大秘，可见到你了，你是大忙人，约你聚一次真不容易。”

两人打着哈哈，三人坐到一起，酒过三巡之后，杨场长端起半壶酒，冲崔秘书道：“崔秘书，我把这个一口喝了，算是敬你，你随意。”说完一口把半壶酒干了。杨场长借着酒劲就说：“崔秘书，你以后可得在厅长面前多美言我几句，实话跟你说，我都在基层干了二十多年了，就是想调到机关，能当个处长我就满足了。”

崔秘书抓过李满全的手道：“杨场长，你说的我记下了，满全我们可是老战友，他的事就是我的事，你以后可要关心好他。”

杨场长又往杯里倒了半壶酒，走到李满全身边道：“满全，今天当着你战友崔秘书的面我发个誓，你从今天开始，就是我杨青山的弟弟，有我吃干的，就有你喝稀的。”

说完一口又干了。

李满全忙站起来，也喝光了杯中酒，把杨场长扶到座位上。

一顿酒席下来，三个人都很高兴，结账时，杨场长把一张卡交给李满全，又让服务员上了几条烟、几瓶酒，一起结了账。

走出酒楼，杨场长执意让司机送崔秘书，崔秘书还想争执，李满全把烟和酒放到车上，自己也上了车，冲场长说："我送下崔秘书。"

杨场长道："好好，那就辛苦兄弟了。"又向司机交代："别管我，我打车走。"

在车的后座上，崔秘书抓过李满全的手，用力地握了下道："有难事给我打电话。"

他也回握了一下崔秘书。

从那以后，李满全的地位在林场开始上升了。半年后，林场下了文件，提拔李满全为主任秘书。主任意味着是科长级的了。也就是说他现在和马香香是一个级别的了。

李满全的日子又充盈起来。

通过这次调动，让他明白了一个道理：人在道上混没朋友不行；在官场上混，没有官人罩着不行。现实给李满全上了一次生动的课。

关系

场部办公室有一张办公桌属于李满全，每次回场部，他都要在自己办公桌后坐一坐。办公桌长时间不用，已落满了灰尘，每次坐前他都要擦拭一遍，泡杯茶，点支烟，这就是他的工作了。

场长偶尔带他回到场里，场长要处理事情，没有场长指示，他便处于无事可干的状态。自从他当上了场长秘书，全场的人对他的态度有了180度的变化。见到他的人，不论熟悉与否，都会热情地和他打招呼，别人称呼他不是秘书，而是李主任。熟络一些的，主动递支烟过来，并帮他点燃烟，有一句没一句地聊几句。他就哼哼呀呀地应着。在众人眼里都知道他的重要性，自信心便一点点地找了回来。

他回到场里，偶尔也能见到马香香，马香香有许多工作要向场长汇报，场长那要见的人排成队，便让马香香冲他汇报。马香香虽不情愿，还是去找他，站在场办门口冲他说："李秘书，场长让我向你汇报一些事情，到我办公室去谈吧。"

他翘着腿在桌子上，手里夹着烟，烟雾让他眯起眼睛，他看眼马香香，身子没动道："就在这吧。"说完坐正身子，从抽屉里拿出个日记本，放在面前吹了吹，又找到支笔，盯着马香香说："说吧。"

马香香拉过一把椅子，坐在他办公桌对面，翻出日记本，一五一十地说着，并强调："这一点你一定要向场长汇报，等他决定呢。"

李满全头也不抬，笔戳在日记本上一角。马香香说完了，他也合上日记本，抬起头："完了？"

"完了。"马香香转身走了出去。他看着马香香落魄的背影，露出得意的笑容。他知道，他和马香香的关系已经发生了改变，这种改变让他心情舒畅。

在回城的路上，他简明扼要地向场长转述了马香香的汇报。场长一二三地做了些指示，并让他给马香香回电话。

杨场长自从认识了崔秘书，便冷落了马香香，之前，他一直有求于马香香，希望借助马香香的关系认识她的公公，省政府的秘书长。马香香每次都答应得好好的，就是一次也没见到。马香香的爱人，厅里那个副科长他倒是见过两次，在杨场长的印象中，那就是靠父亲关系进到厅里的一个小白脸。当时碍于要搭上省政府秘书长的关系，杨场长一直等待。可几年过去了，这条关系仍没搭上。一直传说马香香的公公要升任副省长，也一直没动静。前一阵子，政府人事变动，秘书长不仅没升上来，还被宣布退居二线了。二线意味着离退休已经一步之遥了。

马香香便遭到了杨场长的冷落。随着公公退居二线，马香香也变了，以前在林场，她是说一不二的人物，她有背景，场长重视她。从科员到副科，再到场办主任，只用了几年的时间。有许多场部的人，混到退休也只是个副主任科员。

场长交代后，李满全便和马香香通电话，交代工作，一二三四的，每次说完，他都会追问一句："记清楚了？"马香香又在电话那端重复了一遍。他应了声，便放下电话。仿佛在这个过程中，他变成了马香香的领导。

自从公公退居二线以来，马香香在场里受到冷落。她平时工作也变得谨小慎微起来，有时去场里，李满全看到马香香这样，心里竟有些不忍。他想起若干年前的马香香，扎着两根马尾辫，一件格子衣服，同学中她谁也不理，清高。他从小到大，可能就是马香香的清高劲，还有她的与众不同，让他喜欢上了她。其实一直到现在，他的内心仍没有完全忘记她，当初选择江歌，放弃马香香，江歌是另外一种风景。他并没有因为选择江歌而后悔，没有江歌就没有他今天，这一点他深信无疑。但并没有因为江歌他放弃过对马香香的怀恋。刚到场里，马香香和他过不去，他知道她在记恨他。但现在情况变了，他又有些开始同情她了。

有几次回到场里，他想和她聊聊，他走到她办公室门前，想敲下门进去，他又忍住了。他不知道如何开口。每次见到她，他的目光都要追随着她的身影，他依稀地又看到了当年的马香香。其实回归本色的马香香并没有那么招人烦。

有几次等场长在厅里开会，他来到路旁的公共电话亭，拨通了她办公室的电话，她在电话那头喂着，他不出声，听着她的声音。她喂了几声，便把电话放下了。他长吁了口气。他想象着她在电话那端的样子。

还有几次，她呼他，留的电话号码是陌生的，他把电话打过去，她在电话那端说："李主任，我孩子生病发烧了，请两天假，你和场长说一声。我工作都安排好了。"他想问候几句，电话那端已放下电话了。

再见到她时，她的脸色有些憔悴，心里就想到了她孩子的病。

马香香的孩子要比他的孩子早一年出生。他想到了她的孩子会是什么样，也想到她爱人又是什么样，莫名的他开始对她有了诸多的好奇。

有时李满全惊奇自己，为什么这么多年经过这么多事之后，仍没放下马香香？思来想去，他也没想明白，也许马香香在他心里就是个结。他不知何时才能打开这个结。

重逢

林松调到军里担任军务处长。

在这之前，几乎失去联系的林松，又成了江副军长家里的常客。

之前他是军区司令部的副团职参谋，家就安置在军区。这次调到军里工作，他是一个人来的，爱人和孩子仍留在军区。

林松的出现，让江副军长一家又热闹起来。早已退休的林参谋长给江副军长打了一个电话，通报了林松要来任职的消息。果然在林松任职一周后的一个周末，出现在了江副军长家。

林松按门铃，李满全正在厨房准备做饭，听到门铃声，他开门，见到了林松。他惊叫一声："怎么是你？"林松笑着，看着扎着围裙的李满全："满全，你这日子过得很踏实呀。"

江副军长、张老师依次从楼上下来，见到林松东拉西扯地聊了起来。此时的林松已不是以前当排长时的林松了，他现在是处长，举手投足的就有了首长的做派。

晚上，江歌回来了，顺便从幼儿园接回了孩子。

江歌见到林松也大吃一惊的样子，拉着孩子让叫叔叔。林松把孩子抱在怀里问："孩子叫什么？"

江歌垂下眼睛说了句:“叫丁丁。”

林松摸着孩子的脸道:“我的孩子叫林小果,比丁丁大一点。”

那天晚上,林松留下和一家人吃饭。张老师不停地给林松夹菜,聊着说着就聊到在师里时,林松每周都到家里吃饭的情景。聊到这,张老师下意识地看了眼江歌,江歌低着头吃饭,不停地照顾孩子。

林松再次起身,举起杯子冲江副军长和张老师道:“叔叔,阿姨,感谢你们对我的照顾。”说完喝光了杯中的酒。

江副军长就感慨:“师被撤销了,要不然……”他看了眼江歌和李满全又道:“他们还都在部队呢。”

李满全就多了许多悲凉,江歌放下碗冲父亲:“爸,说那么多干啥,过去的事了。”

说完领着丁丁,对丁丁说:“跟叔叔再见。”孩子扬起小手说了再见,便随江歌上楼了。

林松就说:“我爸我妈一直说来看你们,这两年一直帮我带孩子,走不开。”

江副军长就说:“你爸在电话里跟我说了。等过一阵,天暖和了,我们去看你爸。我这一晃和你爸也有十几年没见了。”

吃完饭又聊了会儿,林松就告辞了。在门口江副军长和张老师再次热情地邀请林松常来家里坐。

林松回过头说:“叔叔,阿姨,我一定常来,还像以前一样。”

那晚,江副军长躺在床上,久久没有睡着。

张老师就说:“林松转了一圈这又转回来了。”

江副军长:“部队么,铁打的营盘流水的兵。”

张老师:“小松这孩子,我从小看他就有出息。”

江副军长：“那是他调军区去了，要是江歌、满全还在部队，现在也差不多干到团职了。”

张老师：“这是命，啥人有啥命，要是当年小歌和林松好，说不定小歌也调到军区去了。”

江副军长：“小歌和满全现在不挺好么，别想那么多了。”转过身，不一会儿响起了鼾声。

张老师叹口气，望着天棚，自言自语地：“啥人啥命，我不信。”

林松经常过来，他一个人吃食堂，住干部宿舍，下班了，没别的去处，就经常到江副军长家聊聊天，吃个饭。每次来都不空手，有时提一袋水果，有时提几瓶酒或几盒茶。

江副军长就制止：“不要每次来都带东西。”

林松一脸轻松地：“都是别人送的，我一个人也吃不完。”

林松每次走，张老师一边收拾林松带来的东西一边感叹：“现在的领导就是好，这么多人送东西。”冲看报纸的江副军长道：“你当师长时，人家干部探亲，带点土特产送给你，你还让人家拿回去。”

江副军长放下报纸道：“这是风气不正，要是部队都这样，还不得垮了。”

张老师：“现在形势变了，咱们没赶上好时候。”

“什么时候也不能有这歪风邪气。”江副军长气愤了，一边在屋里踱步，一边气愤地说：“下次林松来了，我得当面说说他，不能收人家的礼，也不能给人送礼。这样子下去，部队还怎么有战斗力。”

李满全在厨房里收拾着，一边扫地一边说：“爸，现在社会就是这个样子，我们场长为了调动，三天两头请客。都拿到单位报销了。上个月报了两千多块。”

江副军长站到窗子前，拉开窗子，望着窗外。

张老师走过去，把窗子关上道：“大冷的天，开窗子干什么。”

林松又一次上门，带来一箱鸡蛋和一箱蔬菜。

江副军长道：“林处长，我要批评你，咱们部队干部不能收礼，这样下去，部队作风就坏了。”

江副军长说完，指着两盒东西道：“给人家退回去。”

林松就笑道：“叔叔，这是咱们军农场给每个干部分的，你们老干部不是还每人一个月五斤鸡蛋，一箱牛奶么。”

江副军长：“那些烟酒呢？”

林松：“都是朋友来看我送的，我又不好意思让人家拿走。叔叔，你放心，我不会犯错误，现在是人情社会，相互走动，带点礼品是正常的事。”

江副军长无语了，那一晚，他也没有说话。

从那天起，他就开始给中央军委写信，反映现在的部队请客送礼的歪风邪气。

信寄走了，并没有消息，他一直坚持写。

张老师就劝他：“老江，你累不累呀，现在哪个部队不这样。”

江副军长气得把笔扔了：“这样就不对，要是有一天打仗了，孩子送了礼，还不去前线了？”

李满全也劝他消气，说现在社会也都这样。

江副军长气得就大吼。第二天，他又把信寄了出去。

下次林松再来时，张老师就把林松拉到角落里，把江副军长的事说了，并劝他下次来家里别带东西了。

从那以后，林松再来家里，果然不再带东西了。顶多在商店买点水果带来。

林松每次来，李满全都把饭做好，便上楼带孩子去了。江歌先吃饭，吃完再来换他。刚开始，江歌匆匆吃几口就上楼来换他，渐渐地，江歌吃饭时间越来越长。有时一顿饭吃完了，林松要告辞了，江歌才从楼下上来。

他到楼下时，林松已经告别了。他把剩饭剩菜收拾一下，在厨房里匆匆把饭吃了。

他发现最近江歌爱打扮了，自从江歌怀孕很少见她收拾自己。上班大部分时间也不化妆，洗把脸，随便往脸上抹点什么，拢拢头发便上班去了。

她现在每天起床都很早，躲在洗手间里精心打扮自己，然后站在衣柜门前，左一件右一件地选衣服，搭配满意了才出门上班。每天下班也不再准时准点了，每次回来，脸上都汗津津的，她说自己在练功。在师文艺宣传队时，江歌是有些基本功的，踢腿劈叉，身子软得很。自从转业到文化馆上班，她没再练过功。经过一段时间的练功，江歌的身材又恢复了不少，双腿又健硕饱满起来，修长笔直，身子也挺拔起来。她的性格也发生了变化，爱说爱笑，嘴里还经常哼起了歌，她哼唱的都是现在的流行歌曲。

李满全是第一个感受到江歌的变化的，江歌早出晚归，更没有时间照料孩子了。送孩子去幼儿园接回家的任务都落到了他的身上。好在他作为场长秘书工作不忙，偶尔随场长办事回不来，他会打电话给岳母，让岳母帮忙去接送一下孩子。

“五一”节时，各单位放了几天假，林松的爱人来军里了。张老师得知这一消息，张罗着一定请林松爱人到家里做客。

晚些时候，林松带着爱人来了。他向江副军长和张老师介绍道："这是我爱人小甘。"

张老师就热情地把甘医生让到沙发上去坐。李满全在厨房忙碌，出来打个招呼，又一头扎到厨房里。

江歌带着孩子从楼上下来，江歌明显地打扮过了，人就显得很精神。林松介绍了江歌，甘医生就说："你就是江歌呀，林松经常提起你。"江歌下意识看了眼林松，脸红了。嗯啊地应承几句。

吃饭时，一家人坐到桌上，甘医生走到桌子旁，从兜里掏出一叠湿纸巾，把自己要坐的椅子擦了，又把自己前面的桌子擦了，这才坐下。林松就解释："小甘是医生，这职业病都带到家里了。"

甘医生第一次登门，张老师特意安排李满全把菜做得丰盛一些，甘医生吃得不多，她吃的只是青菜，面前放着碗，碗里盛着水，每次吃菜前都要把夹到的菜在碗里涮一涮，才放到嘴里。林松就见怪不怪地说："小甘就这样，她不爱吃油腻的东西。"

甘医生很瘦弱，脸也有些苍白，不苟言笑。江歌没话找话地陪甘医生聊天，先从孩子聊起，刚开了个头，甘医生就说："我根本不想生孩子，林松非得要孩子。"她看了眼坐在桌上的丁丁道："我一见孩子就闹心。林松在家都是他打理孩子。"

林松忙补充道："我调到军里，把孩子放到我父母那了。"

张老师望眼甘医生，又看眼林松，轻轻地叹了口气。

甘医生又赌气地说："当初我也不想结婚，父母逼的。"

说完白一眼林松。

林松掩饰地端起酒杯："江叔叔，满全，咱们喝。"

甘医生看眼江歌："我听林松说过，你们从小就在一起。"

张老师看眼李满全，接过话茬说："林松十五岁就当兵，他爸和你江叔叔是老战友，是林参谋长把林松托付给我们。我们照顾林松是应该的。”

甘医生仔细望着江歌：“你长得真漂亮，生完孩子身材还这么好。”

她又看眼林松道：“你当初怎么没和江歌结婚呢？”

话说到这个份上，一桌人都尴尬了。

李满全站起身，端起桌上的一盆汤道：“汤凉了，我热热去。”

林松这顿饭吃不下去了，拉起甘医生，匆匆告辞了。

林松他们一走，张老师坐到沙发上，捂着胸口就一声接一声地叹气，一遍遍地说：“林松怎么找了这么个女人。”

江副军长在地上踱步，踱了一会儿也叹口气道：“人家的生活咱们不讨论。”

说完拿起遥控器，打开电视。

“五一”节之后，林松又一次来到家里，在饭桌上说出回军区后发生的事。甘医生父亲和林松母亲是老同事，他从师里调回不久，两人就订了亲，不到半年就结婚了。甘医生不同意结婚，为了抗婚吃过安眠药，割过手腕，这是他结婚后才知道的。有了孩子之后，他们天天吵架，有一度甘医生搬回娘家去住了一阵子，孩子一岁多了，才从娘家回来。他们的孩子，可以说她一天也没照看过，都是自己和母亲把孩子带大的。孩子上了幼儿园，为了躲避吵架，他才申请来到军里任职。

这次“五一”节来看他，也不是她的本意，是她妈把她逼来的。

江歌气愤地说：“干吗不离婚？”

林松低下头。

张老师忙说：“小歌你别添乱，过日子哪有那么顺心的事。说离就离那还是日子么。”

江歌不说话了，生气地放下筷子："世界上怎么还有这样的女人。"

说完饭也不吃了，牵起孩子的手上楼了。

张老师就忙说："林松你别见怪，小歌不会说话。"

林松笑一笑道："阿姨，没事，她是为我好，我理解。"说完看了眼李满全道："满全，真羡慕你，你们过得这么幸福。"

李满全对林松只能回以微笑，心想：自己的苦也只有自己知道。

江歌在这之前一直嫉妒嫁给林松的甘医生，她无数次想象过甘医生。这次一见，嫉妒烟消云散了。她开始为林松难过，暗自责备自己当初错过了林松。从那以后，她多了心事，总是想起林松。

山重水复

李满全作为场长秘书，可以腾出许多工夫照顾家里，孩子大了，上了幼儿园，李满全便闲了下来，没事可做时，去市场买菜，回来做饭。作为一个男人，天天忙着家务事，他自己都瞧不起自己。碌碌无为的日子让他心生倦意。他想和场长提出来换一下工作，但又怕像以前一样陷入到生活的最底层。这一阵子，他纠结着。

有一天，崔秘书打来一个电话，说有事要找他聊聊。便兴匆匆地来到厅里，走进崔秘书办公室。

崔秘书把门关了，回身给他倒了杯茶。两人坐在沙发上，他就说："兄弟，有事你就吩咐。"

崔秘书道："好事来了，看你能不能把这次机会抓住。"

他有些紧张地望着崔秘书，心快速地激荡起来，平凡的日子，他太需要变化了。

崔秘书就说："厅长的老三在军里当兵，今年要考军校。能不能帮个忙，这忙要帮成了，有什么想法只管提。"

他望着崔秘书："这忙怎么帮？"

崔秘书撕下一个便签，写下了厅长儿子的单位和姓名，递给他道："你让你岳父打个招呼，只要厅长儿子顺利考上军校，以后你的前途我包了。”

他看着那张便签，犹豫道：“这能行么？”

崔秘书：“你岳父当过副军长，瘦死的骆驼比马大，让你岳父打个招呼，这事一定能行。”

他把便签揣在兜里，崔秘书用力握了握他的手道：“记住，只许成功，不许失败。”

他咧了下嘴，嘴角保持微笑，离开了崔秘书。

在路上他就想好了，这事他要找林松，不能让岳父知道。现在的岳父似乎进入到了更年期，什么看着都不顺眼，这种走后门的事，岳父不会答应。

一天晚上，他以散步为借口，找到了林松住处。林松见他登门，很是吃惊，又是倒茶，又是拿水果的，他摆了下手道：“林处长，今天来我求你件事。”说完把崔秘书交给他的便签掏出来，递给林松，又补充道：“他是我们厅长的孩子。”

林松看过便签，又盯着他道：“是不是这事办成了，对你有好处？”

他点点头：“他是我们厅长孩子。”

林松轻飘飘地把便签放到茶几上，差点掉在地上，他忙弯下腰过去放好，低下头：“林处长，咱们这批战友，你最有出息了，我只能找你帮这个忙了。”

林松就说：“我试试吧，我得先了解一下这个战士的表现。表现好了，文化水平还得过关。毕竟军校是要考试的。”

他抬起头，露出笑容道：“太感谢你了。”

他点燃一支林松递给他的烟。林松拍一下他的肩膀：“兄弟，我知道你很累，心累，是不是？”

他点下头，又摇下头。一口接一口地吸烟，无奈的表情。

林松吐了个烟圈："我理解你。"

他又笑一笑。

半晌林松道："要是你当初不和江歌好，也许你现在的日子没这么累。"

他忙摇头，这些年，他千万次地想过，要是自己不娶江歌，他就不会提干，更不会有今天。他的心思林松不会懂。他又想起脸色苍白的甘医生，林松娶她又是为什么。不如意的生活，谁心里又不苦？

从那以后，每次再见到林松，他都观察林松的眼色，希望在林松的目光中读出一些有用的信息。林松却什么信息也不传达，似乎把这件事给忘了。他又不好问。

崔秘书打过几次电话，催问厅长儿子考军校的进展。他只能说："招呼都打过了，现在正办着呢。"

崔秘书又问："用不用给办事的人意思一下？"

他想了想道："不用了吧？"

晚上，他买了两瓶酒、两条烟又去了林松住处，林松见他提着东西，诧异地望着他。他就笑着说："这是我们厅长给你捎来的。"

他又在林松住处坐了会，不咸不淡地聊了几句。临走时，林松说："转告你们厅长，连队已经给他报名了，军校招生还没考试呢。"

他便等待，在煎熬中度过了两个月。军校招生考试已经完成了。

这天，他又买了些烟酒，又一次来到林松的住处。林松说："你们厅长儿子，考试分数不够。"

他抬起头，近似绝望地问："那怎么办？"

林松拍拍他的肩膀道："我帮你一把吧，给你们厅长儿子办保送。我手里有两所军校的名额。"说完又补充道："满全，我可是帮你。你们厅长官再大，他和我没关系。"

他千恩万谢地从林松处告别了。

崔秘书又打来电话，愁苦地说："厅长儿子来信了，说自己考得不好。你找的关系要抓紧呢，这事要办不好，我可没脸在厅长面前混了。"

他也卖个关子道："崔秘书，这事有难度，我正在想办法。"

崔秘书又道："需要打点，你跟我说。"

他道："那倒不用。"

说完便放下电话。

一个月后，崔秘书突然给他打了个电话道："兄弟，厅长告诉我，他儿子接到军校录取通知书了。你这一仗打得漂亮。这几天你等我电话，厅长要单独见你。"

他放下电话，舒了口长气。

果然，几天后的一个下午，他正在场里开会，接到崔秘书电话，说晚上让他到厅里找他。又交代一句："你可早点来呀。"

"放心吧。"他冲电话说，便放下电话。

还没到下班时间，他和场长请假，要早点走。听说他要见崔秘书，场长热情地说："让我的车送你去，我坐班车。"

他犹豫道："场长，这样不好吧。"

场长拍拍他的肩膀："崔秘书见你，一定有好事，快去。"

他见到崔秘书，崔秘书拍拍他的肩膀道："兄弟，你的好日子开始了，以前厅长可没这么让我安排过要见厅里的任何人，你是独一份。”

两人聊了一会儿，崔秘书带着他来到了厅里的小食堂，厅长平时就在这里吃饭。工作人员见到崔秘书，把他们带到一个小包间里。凉菜已经摆好了。

两人刚坐下，厅长就匆匆来了，经崔秘书介绍，厅长和他握了下手，说了句：“辛苦了。”

崔秘书开了瓶酒，要给厅长倒，厅长摆下手：“晚上还要处理文件，你陪小李喝。”

崔秘书犹豫着给李满全和自己杯里倒了一点酒。

厅长埋头吃饭，速度很快地吃完了，抽出张纸巾，擦了下嘴道：“小李，你的经历崔秘书都给我介绍了，不错。”

然后站起身，冲崔秘书：“小崔陪你战友好好聊聊，我去办公室了。”

两人要送，厅长又挥了下手，门便关上了。

两人又坐回到原处，李满全望着崔秘书一脸失望。

崔秘书又拍一下他的肩膀道：“你心放在肚子里，厅长什么都明白。他那么大领导，不能把啥话都说出来，明白吧。”

他点下头，把酒瓶拿过来，狠狠地给崔秘书倒了大半杯，崔秘书就说：“厅长还没走，我一会儿还得上去。”他听后，把崔秘书的酒倒给自己。

这之后，一直风平浪静。崔秘书再也没来电话。他想给崔秘书打个电话，几次拿起电话又放下了。

年底到了，林场和各单位一样，正在做年终总结。他接到了崔秘书电话，小崔冲李满全喜气地说：“兄弟，这几天组织处的人会找你谈话，你要做好准备。”

他还想问个究竟，小崔已把电话挂了。

果然，几天之后，他和场长都接到了到组织处谈话的通知。

场长先进去谈的，他坐在会议室里等。

半小时之后，场长从组织处办公室出来了，走进会议室，拍下他的肩膀道："满全，该你了。"

他从场长脸色上看出了场长对这次谈话还是满意的。

果然，组织处长向他传递了一个信息。杨场长调入到机关任后勤处长，考虑任命他为林场场长。

他忘记自己和组织处长说了些什么，头晕目眩地离开了机关。

一个星期后，机关的文件下达了，他如愿地当上了场长。

从主任秘书一跃成为场长，中间还差两个级别呢，他这是坐了火箭。在这之前，他从来没敢想过，以为最好的结果就是调到厅机关工作。比起他以前会体面一些，即便这样，他也会心满意足。没想到，竟然会是这样。他还没从巨大的喜悦中醒来。他已经是场长了。

扬眉吐气

整个林场的人做梦也没想到，李满全会当场长。林业厅的任命文件下达时，全林场的人哑然了。人们私下里流传，是李满全的岳父又一次起到了作用，找到老战友把李满全活动成了场长。

不论人们怎么议论，他当上场长却是事实。触动最大的还是马香香。马香香是场办主任，她一直梦想着能成为场长。当初杨场长也是把她当成场长来培养的。杨场长一直希望借助马香香的关系，调离林场。他没等来马香香的老公公当上副省长，却等来了退休的消息。杨场长以为自己就该在林场退休了，没想到这么快就峰回路转，自己摇身一变成了机关后勤处长，他知道应该感谢李满全。他不知道李满全是通过什么关系当上了场长，但他意识到他这次能破格提拔，其中的关系并不简单。在林场和李满全办理交接时，他拍着李满全的肩膀说："后生可畏呀，有一天你要到厅里当领导，千万别忘了我呀。"

李满全只能说些客气的话，目送杨场长离开。

他关上场长办公室的门，坐在桌后，点燃了一支烟，他想自己该有个秘书了。他拿起电话，打到马香香办公室，让她过来一趟。很快马香香就在外面敲门，他说了声："进来。"

马香香就进来了，站在他面前，他望着马香香，她却把目光投在桌面上，小声地说："场长，有什么指示你说。"

她手里拿个记事本，本里夹了支笔。

他挥下手指着沙发道："坐吧。"

马香香拘谨地坐下了，头仍低着，把日记本打开，笔已经握在了手中。

他靠在椅子上："以前选秘书，都要走什么程序？"

马香香抬起头："以前场长的秘书都是场办推荐。"

"那你看谁合适？"他望着她。

马香香低下头，又抬起头："不知场长想选个女的，还是男的？"

他不假思索地："当然是男的，女的不方便。"

马香香又低下头："我们办公室的小胡不错，去年刚从大学毕业，他工作积极，人也稳重。"

他说："那就小胡吧。"

她站起来："那我让他过来，你们谈谈。不合适我再推荐，或者，你认为谁合适，你不方便，我去找他先谈谈。"

他把手放到桌子上说道："就小胡吧。"

马香香走了。他望着被她轻轻带上的门，意识到，在未来的工作中，马香香是不可缺少的人物。

前些日子，他听杨场长说过，她的公公，担任省政府秘书长的公公退休了。他知道，马香香一定会难过上一阵子。要是公公不退休，或者真像传说中的那样当上副省长，场长的位子一定是她的。如果真的那样，他的后果一定不堪设想，除非自己调离开这个林场。他明白马香香为什么恨他。就是因为当年自己对她的伤害。当年他这么选择是为了自己的前途。的确，他一路走到现在和江副军长的影响是分不开的，他走上了这条路，每个关口都是一把密码锁，江副军长就是掌握密码锁的人了，门开了，他走进去了。

虽然，马香香对他有成见，也曾经让他被动、难堪过。此时他当上场长，无论如何却对她恨不起来。对自己曾经爱过的女人，他的心是软的。他了解她，从小学一直到高中，他自认为他是了解她的。

在以后的工作中，马香香一直把自己当成下属，只要他说的，她就一定照办，并不折不扣。他为马香香作为自己的左膀右臂，而感到欣慰。

他当上场长后，每天都按时上下班，七点半场长的专车准时停在了自家楼下。他提着公文包从楼道里走出来，坐上车。司机一脚油门就出发了。他到场里时，秘书小胡已经早他一步来到他的办公室，地扫了，也拖了，桌面整洁，烟灰缸也洗了，就是茶几旁摆放的花盆也浇了水。这样的场景让他想起若干年前，自己在部队给首长当公务员的场景。自己也成为被服务的领导了。

现在自己是场长了，有人为他服务了。他端着冒着热气的茶杯喝了一口，他整个人都滋润了起来。

自从他当上场长后，江歌和岳母主动承担起了家务。江歌上班时，把孩子送到幼儿园，下午时，岳母把孩子接回来，顺便在菜市场把菜买了回来。

林场在郊区，他到家时，总会比江歌晚一些，江歌一下班，便帮母亲在厨房忙碌，他回到家时，饭菜已摆到桌子上。

他进门洗过手，岳父从酒柜里拿出瓶酒分两个杯子倒满。一家人围在一起吃饭，他就歉意地冲岳母说：“妈，辛苦你了。”

岳母说道：“你们都忙，我闲着也是闲着，做点饭没啥。”

吃完饭，他和岳父坐在沙发上，岳父翻着报纸，他在看场里的文件。两个曾经的军人各取所需地忙碌着。岳父翻完报纸，又打开电视看了会，关上电视准备上楼了，冲他说：“满全，早点休息吧，要劳逸结合。”

他冲岳父道：“爸，你先歇，我马上完了。”

这是他当上场长后的生活，他的地位不仅在场里得到了提升，在家里也不一样了。

偶尔在周末时，林松还到家里来坐一坐，提一瓶酒，或带点水果。

在酒桌上，林松聊部队的建设，他聊林场的改革，哪片山又承包了，现在不让采伐了，要封山育林。

江歌带着孩子吃完就上楼了，岳母吃完坐在电视前有一搭无一搭地看电视。三个男人吃完了，岳母过来收拾桌面上的东西，他起身要帮岳母，岳母把他按下道：“我来，你陪小林喝茶。”

他们从桌上转移到沙发上。岳母收拾完，林松又坐了一会儿，起身告辞了。他把林松送到门前，说了几句客气话。他又坐到沙发上，陪着岳父有一搭没一搭地看电视。

他在熟人眼里是场长了，在家人面前也有了地位。

李满全突然觉得有地位的人是那么受人尊重，从小到大，他第一次被人这么尊重。当连长那会儿，兵头将尾，在部队序列里稀松平常。现在他是场长了，在国营单位序列里他属于处级干部。无论如何，处级干部也算领导了。这么想了，他突然又一次幸福起来。

身外之累

李满全当上场长的消息，自然也传到了老家，靠山村，以前叫靠山大队。乡里人见到李满全父母都说：“你们老两口别受累了，进城找儿子享福去吧。你们儿子当场长了，比咱乡长还大的官。”

最先动心的是李满全的哥哥李满仓。李满仓一直是农民，有公社时他是农民，公社变成乡，他还是农民。李满仓做梦都想离开这片土地，弟弟从当兵那天起，他就盼着弟弟能有个出息，后来听说弟弟入党提干了，又当了连长，他从心里为弟弟高兴。他一直坚信弟弟有出息了，他也会跟着沾光。不料想部队裁军，弟弟离开了部队。李满全离开部队时，回过家一趟，不穿军装的弟弟显得一点精神也没有了，蔫头耷脑的，他问弟弟下一步打算时，弟弟就一直摇脑袋，还不停地叹气。

一时间李满全又回到了原地。在最初他当战士时，他和马香香好，一家人是支持的。他提干后，一家人改变了想法，希望他在城里找个姑娘，一辈子别再回农村。

马香香去部队看李满全时，全家人都知道。全村人也都知道。在农村人眼里，马香香去部队，是和李满全订婚了。一个姑娘把自己送到男人的门上，这样的结果，所有人都明白。他们没料到的是，几天后马香香就回来了。从那以后，马香香就和他们成了陌路。那会儿他们认为李满全选择是对的。转年就听说，马香香考上大学了，一走就是四年，每逢寒暑假也会见到马香香。马香香像个有知识有文化的大学生一样，和每个见到的村人打着招呼，唯独不和他们一家打招呼，走在路上碰到形同陌路。

后来听说李满全结婚了，娶了个师长的女儿，一家人释然了。师长自然比村主任官大。李满全入赘到女方家，在农村是件不光彩的事情。但李满全入赘到师长家，满全父母和哥哥走在村街上还是理直气壮的。师长在村人眼里那是高干，入赘到高干家，将来李满全的前途能错得了么？

李满全并没有像一家人那样期待的一帆风顺，他转业了。虽然去了省城，却在林场工作。李满全来信中描述那是一个山沟里的采伐队。他们明白，就是采伐工人。一家人为李满全感到悲哀。

现在李满全是场长了，当上了比乡长还要大的官，一家人商量，让李满仓先进城去找李满全。他这次去城里的任务是找到弟弟，让弟弟在城里给找份工作，什么工作哥哥不挑，只要能离开农村就好。

李满仓进城找弟弟来了。

李满仓找到了岳父家。李满全正在林场开会，马香香从外面进来，附在他耳边说："你岳母刚才打电话，说你哥哥来了。"

前一阵子哥哥就来信，先是说自己要在城里找工作，他回信拒绝了。哥哥还是来了。会议就匆匆结束了。他路过场办公室时，看到马香香站在办公室门口，见他过来，迎上去道："李场长，把你哥接到咱们招待所吧，我去安排一下。"

他听了马香香的话，犹豫了一下，摇摇头，轻声地说："不用。"他有自己的考虑，自己刚当上场长不久，不能开这个头。场部招待所以前有过规定，只招待外单位业务人员，或者本系统会议接待。他想好了，让哥哥住外面的招待所，这笔费用自己掏。

他赶到家里时，看见哥哥独自一人坐在客厅的沙发上。身旁放了一个手提箱，面前摆了杯水。

他回来早了一些，江歌还没下班，岳母出去买菜还没回来。估计岳父应该在楼上练习书法。

哥见到他便站起来，热烈地叫一声："满全。"他走过去，提起哥的手提箱说了句："走。"哥跟上，随他走出门外，车就等在门口，他已经安排好了。他让哥上了车，哥把车窗摇下来，问他："满全，车上能吸烟不?"

他说："你抽吧。"

哥如释重负地掏出盒烟，抖抖地打着火，深吸一口，很享受的样子。

车开到了厅招待所，他为哥办了入住手续，让司机走了。厅招待所对本系统人员入住要打八折，比其他招待所要便宜。

他领着哥哥到了房间。哥打量了下房间道："弟，这房子好。"坐在床沿，拿过烟灰缸，又点了支烟。还把烟盒往他面前推了推道："满全你抽不?"

他摇摇头，刚得知哥哥来时，他有些生气。见到哥之后，亲情占据了上风，便说："哥，想吃点啥，我领你去吃。"

哥的眼睛亮了一下，摆摆手道："不急。"弯下腰从手提箱里掏出一双鞋来，递给他道："满全，这是你嫂子给你做的，不知合适不，你试试。"这是一双千层底的布鞋，镶着白边，这是他在乡下时最爱穿的鞋。

哥哥一再坚持:"满全你试试,不合适,再让你嫂子做。"

他硬着头皮,把脚从皮鞋里拔出来,穿进布鞋里,一股温暖,一种舒适迎面而来。他又想到在老家时,自己的鞋都是嫂子亲手做的,但他知道,自己再也不会穿它了。

他把鞋脱下来,又穿上皮鞋道:"哥,你干啥来了?"

哥又点支烟:"爸妈想你,说你好几年没回家了,信也写得少了。一是来看看你,二来我寻思在城里能不能找份工作。"

他望着哥一张朴实的脸,哥突然想起什么似地道:"听说你现在和马香香在一个林场工作,她没把你咋样吧?"

他苦笑一下,摇摇头道:"她能把我咋样。"

哥又说:"妈说了,远亲戚赶不过好老乡,你们要处好。她爸马德海早就不是村干部了,这次听我说来看你,还特意到咱家坐了坐。说请你帮忙,以后多帮助一下马香香的进步。"

他打住哥的话头说:"咱们吃饭去吧。"

在街边的餐厅里,他陪哥哥满仓吃了饭,哥高兴喝多了,他把哥扶到房间就回去了。

他回到家,已经晚了,一家人都睡下了。江歌为他留着灯,他轻手轻脚洗脸刷牙才进门,刚躺在床上,江歌就隔着孩子说:"你喝酒了?"

他说:"哥来了,我陪他喝了几口。"

江歌又问:"他住哪了?"

"住招待所了。"他答。

"住几天?"江歌又问。

他明白,江歌关心的不是自己的哥哥,而是钱。不知何时,江歌也关心钱了。

他答："住不了几天，在厅招待所，打折的。"

江歌背过身去："把灯关上。"

他把灯关上，世界就黑了。

第二天上班，他把哥哥接到了林场，跟司机交代，带着哥哥到处参观一下。

哥哥在参观林场时，见到了马香香，马香香结婚后回过一次老家，在这之后，她再也没有回去过。马香香也认出了李满仓，把他让到会议室里，给他倒了杯茶。马香香陪着他坐了下来。

哥盯着马香香道："小香，没想到你和我弟又在一起工作了。"

马香香浅浅地笑笑，低下头。

哥又说："我来之前看到你爸了，还到我家坐了坐。"

马香香抬起头："我爸还好吧？"

哥就露出牙齿道："你爸不当干部了，现在没事干，到处溜达。说你嫁给了一个省里干部的儿子，来看你不方便，怕人家看不起。"

马香香低下头，脸红了。

哥又说："这世界真小，你和我弟是咱们村最有出息的两个人，没想到你们又走到了一起。"

马香香站起来道："你歇呀，我还有工作。"

哥就说："你忙，你忙。"

马香香走了，哥溜达一会，就转到了场长办公室，听见弟弟李满全在和人谈话，他就在门口等。终于等那人走了，推开办公室的门走进去，见李满全在忙着往本上记东西，便坐在门口的沙发上。

李满全终于抬起头，看见了他。

哥就冲李满全虚虚地笑笑道："我刚才见到香香了。"

李满全没说话，也点了支烟。

哥又说："我感觉她日子过得不好。"

李满全说："别乱说。"

哥又说："本来么，我说她爸要来看她，她都不敢接茬。"

李满全把烟摁灭，他又想到了自己，自己何尝不是马香香的心思。

他陪哥转了几天，哥就走了。

走之前，哥拉着他的手说："弟呀，我看你在城里啥都好，以后想办法自己弄个房吧，住在人家咋说也不方便。本来寻思让你为我寻个工作，看你这样也怪难的，我也干不了啥，就别给你添麻烦了。"

哥在"人家"二字上加重了语气。他明白哥的心思。在检票口，他和哥招手道别了。

把哥送走，他心里一直不舒服，离开家这么多年了，家里的困难一点也帮不上。他现在忙的一切，只暂时让自己安全了，分不出一点力量分担给家里，这么想了，他心里就难过。混到现在，连个房子都没有，他想到了马香香，她何尝又不是呢，这就是"嫁"入豪门的滋味，只有自己感受得清楚个中滋味。

伤疤

突然有一天，公安局来了两位女同志，在江歌的文化馆把江歌领到了公安局。到了公安局她才知道，当年那个强奸犯被公安局抓到了。这个强奸犯是个惯犯，连续做了十几起案子。最后他又一次犯案时，女人挣脱了，报了警，依据受害者的指控，公安局很快抓住了这个强奸犯。

一审才知道，这十几年时间，他做了十几起案子。其中一起就涉及江歌。江歌当年也报了案，案子一时没破，就挂了起来。要不是这个强奸犯亲自交代，江歌当年的案子就成了死案。

在看守所提审室里，江歌隔着玻璃窗一眼认出了那个强奸犯，他虽然站在几个犯人中间，她还是一眼认出了他。她记着他脸上长的胡子，他的胡须很浓，从鬓角连到下巴处，那会儿，他三十几岁的样子，此时，他老了，胡须都有些白了。

多少个日夜，她从睡梦中惊醒，满脑子都是这个强奸犯。他的形象已经刻在她的骨子里。

她见到强奸犯那一瞬间，突然身子一软，晕了过去。是公安局那两个女同志把她送回到家里，一回家，江歌又一次把自己关到房门里。江副军长和张老师不知发生了什么，站在门前劝，只听到江歌的哭声断断续续地从门缝里传出来。张老师抖着手给李满全打电话。

李满全回来了，他站在江歌门口，江副军长和张老师站在他身后。李满全又像当年一样隔着门叫着江歌，这次却不灵验了，江歌不开门，叫烦了，从里面吼一声："你滚远点。"

李满全和江副军长张老师蹑着脚从楼上下来，李满全就问岳父岳母："江歌发生了什么？"

张老师就把两个公安女同志送她回来的情景说了一遍。

李满全坐在沙发上，想了想冲二老说："爸，妈，可能是江歌当年的案子破了。"

经李满全这么一说，两位老人顿悟过来，你看我一眼，我看你一眼，最后张老师叹口气道："十几年了，我以为小歌早忘了这事了。"

江歌不吃不喝，儿子丁丁回来去叫母亲的门，江歌也不理。

张老师就一声声叹气，江副军长趿着鞋在客厅里踱步。李满全哄着丁丁吃饭。

晚上，林松来了，看见气氛不对，就问张老师："阿姨，是不是江歌出事了？我下午给她打电话，听她同事说，她跟两个女公安走了。"说完这话，向李满全后背望了一眼。

李满全没回头，他听见了林松的话。

张老师就把林松拉到一旁，小声地说了几句什么。

林松吁口长气，向楼上望了望说："叔叔，阿姨，我上去看看。"说完换上拖鞋向楼上走去。

他们在楼下就听见林松小声地说："江歌，是我，我是林松，你把门开一下。"

里面没动静。

又听林松说:“江歌,你开下门,有什么话还不能和我说么?”

李满全拿着丁丁吃饭的碗去了厨房。

江歌的门似乎开了,听不见林松的说话声了。

张老师吁口气。江副军长坐到沙发上。

过了许久,丁丁困了,李满全就把丁丁安排到楼下的客房里睡下了。自己走到门外,点了支烟,抬头望眼二楼,看见江歌他们的房间灯亮着,窗帘拉着。

又过了许久,林松从楼上下来,李满全走进门。林松就说:“江歌去看守所认人去了,她又见到当年强奸她的那个人了。”

张老师“哎哟”一声。

林松说:“我劝她了,事都过去这么多年了,罪犯抓到是好事,该了结了。”

江副军长点点头。

林松要走,张老师千恩万谢着把林松送到院门口。

那晚,李满全就和丁丁睡在一楼的客房里。他许久没有睡着,想起当年,江歌发生这件事时,是他劝慰江歌。现在变了,是林松劝江歌。此一时彼一时,他作为江歌的丈夫,反倒成了多余的人。

江歌在家里待了两天,假是李满全帮助请的。第三天江歌又上班去了。日子似乎又回到了从前,但在家里关于那个强奸犯的事,他们一句话也没问过,江歌的话很少。

林松依旧来,有时见江歌在楼上,他也会上去,一直到一家人该睡觉了,他才会从楼上下来。

每次出门,张老师都是一脸感激地把他送出门去。

半年后,那个强奸惯犯被枪毙了,他们是在一档法制节目看到的。虽没看到枪毙犯人的现场,在一家人心里,这件事算是画上了一个句号。

渐渐地,江歌又开始有说有笑起来。尤其在林松来家里时。每逢这时,李满全要么出门去抽烟,要么陪丁丁写作业。

他只是不时地在心里感叹:江歌已经不是以前的江歌了。

转变

不知从何时开始，马香香和李满全的接触多了起来。

场办的工作直接面对场长，李满全许多事要向场办交代，场办有许多工作要向场长汇报。李满全刚当场长时，马香香刻意回避李满全，汇报工作时会派人出面，领受任务时，自己能躲就躲。

李满仓住在招待所时，她偷偷跑到招待所看过李满仓，带来一些水果，和李满仓聊了会天。李满仓一直在说马香香的好话。李满仓在招待所住了几天，江歌从来没有露过面。凭这一点，哥哥认定还是马香香好。

哥哥和李满全叨咕这些时，李满全并不说什么，其实他心里有数。这么多年，他没放下过她，在自己最幸福时，他也一直在内心里谴责自己。在分到林场和马香香又一次碰面，他认为这是命运的安排。最初马香香报复他时，他承受着，他认为这是老天对他的惩罚。

马香香现在每天都要到他办公室汇报工作，她每次来，手里拿着一个日记本，日记本中间夹着一支笔。场办主任向场长汇报工作，这是天经地义的事。

每次汇报完，他交代完工作后，每次都会说几句闲话。最先说的是老家的父母，马香香说："父亲年纪大了，一身的病，一直想到省城来看病。"

他就说："来吧，你家不方便，住咱场招待所。我来安排。"

马香香低下头，眼圈红了，哽着声音："场长，谢谢你。"

不久，马香香父亲马德海来了。马香香打着出租车从车站接到场部招待所。刚来那天，李满全走到招待所看望了马德海，他见到他叫了一声："马叔，还认识我吗？"

马德海颤颤地站起来，叫了一声："满全呀。"

他扶着马德海坐在床边上，马德海已不是昔日的马主任了，他得了哮喘病，每次呼吸胸口都像风箱一样地响着，喘口气都很艰难。曾几何时，眼前的这个人曾是他心中的靠山和保护伞。有多少次在绝望中想起马主任，心里温暖了些许。他有些伤感，也有些同情马香香的父亲。便对马香香说："明天去医院检查，用我的车。"

马香香就说："场长，这不好吧，那是你工作用车。"

他站起来："就这么定了。我和司机交代一下。"

马香香就深深地看了他一眼。

马香香陪着父亲一连几日在医院看病，检查完，开了些药。

李满全和场里食堂交代了，给马德海开了小灶。

一天上班时间，马香香敲开了办公室的门，站在他面前，低着头道："我爸明天就要走了，他想见你一面。我一直说你工作忙，他一定要见。"

他二话没说，随着马香香来到招待所，看完病，吃了药的马德海似乎精神好了许多。他一进门，马德海就握着他的手道："满全谢谢你了。"他把马德海扶到床沿上坐下，自己也坐在马德海身边，说道：“马叔，咱们乡里乡亲的，别说这外道话。”

马德海说：“要是当年你和香香能有个结果……”

马香香在一边咳一声，马德海意识到了，不说什么了。

李满全只一声：“马叔，回去好好养病，病不好再来城里。”

马德海眼泪巴嚓地说：“孩子，有空回老家看看，那才是你们的家。”

他当时不明白，马德海为何如此伤感。

马德海走后几天，厅里召开林业系统会议，马香香作为工作汇报人员也参加了会议。三天会议，所有与会人员都住在厅里的招待所。会议的晚上，李满全散步回来，见隔壁的门开着，他知道马香香住在他隔壁，探头望过去，看见马香香正在整理会议材料。看见他道：“场长，我刚才给你送材料你不在。”

他打开自己门道：“送过来吧。”

马香香拿着材料就过来了，把材料放到他桌子上，并没有马上走的意思。他问：“还有事没忙完么？”

她答：“没什么事了。刚才崔秘书来找你，你不在。”

他答：“我刚才见到崔秘书了，没事坐会儿吧。”

马香香就坐在床沿上。他起身去给马香香倒了杯水，递给她。自己坐在桌前的椅子上问：“你爸身体还好吧？”

她说：“老毛病了，医生说只能养。”

他又问：“怎么没见到你爱人？”

她低下头，手搓着杯子，半晌抬起头道：“场长，不瞒你说，我父亲来，家门都没登。”

他怔了一下。

她又说：“我住在公公家里，不方便。”

他不再说什么了，点了支烟，自己又何尝不是呢。哥哥来，他领着哥哥住进了招待所。江歌也没露过一面。在这一点上，他和马香香是同一种感受和心理。

他换了个话题道："你爱人在厅里工作，应该分到宿舍了。"

她说："几年前就分到了，两室一厅的，他不愿意离开父母，房子被租出去了。"

他啧了一下嘴。

她抬起头道："场长，你该分房子了。下次你家来人，就不用住招待所了。"

他笑一笑，自己知道这笑很苦涩。

她换了个话题道："听说崔秘书马上要当厅办主任了。他和你关系好，他要当主任，对咱们场肯定是好事。"

刚才在外面散步时，他碰到了崔秘书，他也这么问过他。崔秘书就低调地笑笑："别听传言，看不到文件一切都不作数。"

崔秘书找他是另外一件事，厅长的儿子军校马上就要毕业了，厅长的意思希望儿子能分配到省里的部队。崔秘书把这意思和他说了。他和崔秘书说："我试试吧，分配这事是干部部门管。"

崔秘书拍拍他的肩膀说："满全，我知道你有这个能力。"

他只能点点头道："我努力。"

两人又说些别的，崔秘书就匆匆走了。他还要写厅长明天大会发言的稿子。

他知道这是又一次接近厅长的好机会，但办这件事，他又要找林松。一想起林松他的心里就五味杂陈。

马香香见他有些走神，起身告辞了。她走到门口，他叫住了她，她立住脚，满脸期待地望着他。他想了想说："你回去准备明天大会上交的材料吧。”马香香有些失落地走了，还给他带上了门。虽然他们在一个场里工作，像这样在一起的机会却不多，他真想和她说说自己心里话，但被理智提醒了。他知道，他现在不能和她有什么多余的交往，虽然，他一直没有放下她。对他来说，他还有比马香香更重要的事要做。

温度

最近一阵子，军机关组织歌咏比赛，林松出面为江歌请了假。她一心一意地辅导战士、干部们唱歌。这是江歌的本行，一走进军营，人都变了样，她又回到在宣传队的岁月，那一阵子，在家里也能听到营院里传出来的歌声。

丁丁已经上学了，不需要人照顾了，学校就在不远处的一条街上。比上幼儿园离家还要近些。

没有后顾之忧的江歌，早出晚归的，她整个人也变了。以前很少化妆的她开始化妆了，站在衣柜面前开始挑挑选选，随身带的小包里多了瓶香水。

有时晚上回来不是她一个人，由林松陪着，两人说笑着进门，饭已经做好了，李满全见林松进来，他只能在饭桌上多加副碗筷。

在饭桌上，林松和江歌的话也最多，江副军长和张老师应承着。只有他话语最少，早早地吃完饭，把自己碗筷洗了，上楼陪孩子一会儿。孩子早就吃完了，一笔一画地写作业，见他进来叫一声"爸"，又埋下头写作业了。他摸摸孩子的头，丁丁突然抬起头说："爸，你为什么不高兴了？"他坐在孩子身边："没有，快写作业吧。"

孩子又把头埋下，写了几笔又抬起头道："我讨厌林叔叔。"

他愣一下，望着孩子。

孩子涨红脸说："林叔叔一来，我妈就不理我了。"

他拍下孩子："林叔叔一会儿就走了。"

他又从楼上下来，坐在沙发上听着一桌人说笑。他们终于说笑完了，他沏了杯茶放在茶几上说："林处长，喝茶吧。"

林松道了声谢，走到沙发上坐下。江歌随过去，两人又有的没的说开了。

他走到桌前帮岳母收拾桌子。岳父岳母坐到沙发上一起又说了会话，林松起身告辞了。

林松走到门口，他走过去道："我去送下林处长。"

他随林松走出来，向前走了两步。

林松停下来道："有事？"

他掏出支烟，递给林松，两人点上烟。他说："我们厅长的孩子要毕业了。"

林松说："是分配的事吧。"

他低下头，小声地说："我们厅长希望孩子能分回到军里，最好离省城近点。"

林松把烟头踩在脚下，拍拍他的肩膀："满全，做这些我可是为你。"

他笑笑道："我明白，都记在心里了。"

林松转身走了。

他又在院里站了一会儿，一直把烟抽完，才向回走去。

他不愿意求林松，但他又别无选择。这阵子，他发现江歌变了，见到林松就像变了一个人。他知道她心里仍装着林松，就像他忘不了马香香一样。

临睡前，他坐在床沿上，江歌坐在椅子上卸妆，他说："我给厅里写了申请，我的房子快要分下来了，有了房子咱们就搬走吧。"

江歌突然把脸转过来："住我爸妈这不挺好的么？"

他咽口唾液，翻身上床躺下了。

她说："你分的房子在哪还不知道呢，我在这上班也近，孩子上学也近。"

他没再说什么，他主意已定，一分到房就搬走。有个属于自己的房子这梦想他早就有了。寄人篱下的滋味不好过，江歌不会有这种想法，那是她的父母，这就是她的家。

前一阵子，小崔当了办公室主任，找到他说，让他写一个分房申请。在厅里科级干部都分到属于自己的房子了。林场虽然归厅直管，但毕竟是基层单位，许多干部职工的房子都没能得到解决。几年前有传说林场要建自己的宿舍，地点就在场部院内，遭到了干部职工的反对。在场部修建宿舍，解决了住房，也解决了上班的辛苦，可学校医院却不方便了。全场一直抵制厅里的决定，最后不了了之了，又把林场纳入到厅机关系统。

几天后他去厅里开会，把住房申请交给了崔主任，崔主任就说："厅长是这次分房组长。"

他明白崔主任的暗示，只说了句："明白，你放心，我会尽力的。"

过了一阵子，林松又来家里，江歌已经不再去军里辅导唱歌比赛了，又回到文化馆上班了。林松来家的次数就少了，但仍是来，一周一两次的样子。

林松一来，冲他努努嘴说："那事成了，分军里警卫连里当排长，和你当年一样。”

他听了林松的消息，不知怎么，竟有些伤感，自己的梦想止于警卫连。厅长的儿子又在警卫连开始了。为了厅长的儿子让他和厅长有了关系。这种关系很微妙，只有自己才能说清。

他把这一消息告诉了崔主任，崔主任犹豫一会儿在电话那头说：“这事你要亲自向厅长汇报。是为了你好，明白不？”

他在电话这端“嗯”了一声。

几天后，崔主任来电话告诉他，厅长在办公室等他，让他火速赶到厅里。

他见到厅长时，厅长正在办公室里批阅文件。厅长热情地把他让到沙发上坐下，自己也坐到沙发上。他简单汇报了几句场里的工作，便把孩子最终分配结果告诉了厅长。

厅长站起来，踱了两步冲他说：“李场长，谢谢你。”又走到办公桌后，从抽屉里拿出一条“中华”烟，递给他道：“这是前几天一个朋友送的，我又不抽烟，你拿去抽吧。”

他想推辞，厅长不容置疑地递到他手上：“等孩子到军部报到了，我让他专程来谢你。江副军长还好吧？”

他忙说：“退休没事干，在家练书法呢。”

厅长就说：“练书法好，对身体有益，我退休了，也练书法。”

他告辞了，厅长又一次和他握手道：“我有空去拜访一下江副军长。”

他点点头，离开了厅长办公室。

在厅长眼里，这一切都是岳父的功劳。

不久，林业系统分配住房，他分了一套房子。他拿到钥匙的一瞬间，眼泪差点流了出来。

江歌来到他新房这里看了看，冲他说："这家我不搬，学校离家这么远，再说了，我要住这来，上班也远了几站地。我不搬，要搬你搬。"

他只能简单地置办了一下，自己住了进来。每周还要去江副军长那住两天，渐渐地，都习惯了他这样的生活。每逢周末才过去。他顿时感到这样的生活一下子轻松起来。

李满全觉得自己独立了，有了自己的空间，想干什么干什么，他一下子觉得美好起来。回望自己一路走来的经历，他又一次相信"贵人"这一说法。这次的贵人是林松还是厅长，他不想去深想。点起一支烟，这在江副军长家是做不到的，想抽烟只能站在院子里，无论冬夏。

风波

林松休假回家，三个星期林松没来江副军长家，江歌感到家里一下子冷清了。周末时只有李满全回来住一晚上，江歌感到缺少了什么。没人陪她说话聊天了，日子寂寞起来。从林松离开部队休假那天开始，她就盼着林松归队日期。她现在的生活又变成了十几年前的样子，又成了和林松无话不说的好朋友。有些话只有对林松说。当然，林松有些话也只有和她说。林松休假前，跟她透露过，这次休假回去要和甘医生办理离婚手续。在这之前，两人多次聊过甘医生。

从这些聊天中，江歌知道，林松从师里调走后，母亲就张罗着给他找对象，刚开始，他谁也不见，对谁也没心思。后来，他听说江歌和李满全好了，父母再次为他张罗对象时，他才说："你们觉得满意就行。"就这样，他和甘医生结婚了。

前一阵子，她帮忙为军里排练节目时，她去他住处坐过几回。林松的话都是那时说的。

最后一次深谈时，林松问江歌："当年你为什么不肯见我？"

江歌望着林松先是眼圈红了，最后眼泪就流出来了，半晌她才说："我觉得配不上你了，还是不见的好。"

他也哭了，手捂着脸，泪水从指缝里涌出来。他抽泣着："小歌，你这是何苦。要是你答应我，我也不会从师里调走。"

她说："你不调走，也得会和我一样转业。"

他说："去哪我都会陪在你身边。我从军区调到军里，就是为了能看见你。"

江歌听了这话早已哭成了泪人。

后来，他又说到离婚。她抬起头，久久地望着他道："我都这样了，丁丁都上学了。"

他摇摇头道："我不是让你离婚，你有你的生活，我离我会轻松的。"就这样，林松毅然决然地回去离婚了。

三周后，林松的假期到了，从家里回到部队。回来当天，林松给她打了一个电话，她正在文化馆上班。他说晚上要请她坐坐，聊聊天。她惦记他已经三周了，她也想迫切地见到他。

两人在约好的饭店见面了，林松的样子有些疲惫，一见面她就忙问："怎么样？"他摇摇头："我父母不同意，她父母也不同意。"

她松了口气，不知是失望还是宽心。

那晚，他喝了很多酒。离开饭店时他有些踉跄，她扶着他往回走。快到家属区门口时他放开了她："别让满全看见。"她又抓过他的手搭在自己肩上道："满全现在不回来，他分了套房子。"他这才放心地扶在她身上。到了家属院门口，他执意让她先回家，她放心不下他，把他送到营区门口，看到他走到大门，才往回走，心跟着一沉一沉的。

林松回来没几天，林参谋长夫妇来到了军里看望林松，住在军部招待所里。直到林参谋长夫妇在林松陪伴下，来到家里，江副军长和张老师才知道林参谋长夫妇已经来了有几天了。

老战友相见，分外热情，林参谋长一直是江副军长的老上级，自从江副军长退休后，两人再也没有谋面。

张老师自然也是热情万分，她先打电话叫回了江歌。江副军长执意要在家里宴请老战友。她又把电话打给李满全，着急又喜庆地说：“满全，家里来客人了，你早点回来招待下客人。”

说完出去买菜。

晚上家里人围在桌前很热闹。

两个老战友推杯换盏地说着喝着，几杯酒之后，林参谋长就酒力不支了，话也多了，他说：“老江啊，我这次来军里，是做小松的工作来了，这小子不听话，他要离婚。”

桌上除了林松和江歌之外，所有人才知道林松正在闹离婚。

林松妈没喝酒比较有分寸地说：“老头子，话多了。”她的意思是阻止林参谋长把话说下去。

林参谋长酒精上头，一往无前的样子又说：“小松调到天边工作我不管，媳妇是个好人呢，小松不在家，人家天天为我们老两口量血压，身体一不对劲，就从医院给我们开药。老江啊，我跟你说，有这个儿媳妇比儿子强多了。”

张老师也不失时机地道：“可不是，我们这个女婿，满全，人家都当场长了，听说家里有客人，把正开着的会解散了，赶回来。”

江副军长看了眼李满全也说：“你们有个好儿媳，我们有个好女婿，一个女婿半个儿子。”

两个男人越喝越高兴，李满全就不停地为两个老人添酒、夹菜，有两个菜凉了，他又起身热了一次。

饭桌上唯有林松和江歌不说话，各自想着心事。

林参谋长夫妇在军里住了几天之后，就要离开了，他们还要去另外一个城市去看望老战友。临别时,林参谋长拉着江副军长的手说:“老江啊,有空就出去转转吧,看看老战友,看看大好河山,我们这些老家伙有一天走不动了,想看也看不成了。”

江副军长和张老师挥手和林参谋长夫妇告别。

林松又一次来家里时,李满全不在。张老师又一次替林参谋长夫妇说了林松几句,林松不说话。

江歌就替林松说:“妈,你就别说了,林松心里的苦你不知道。”

张老师抬起头,看了眼林松又看了眼江歌道:“你们从十五岁就在一起,你们年轻人有共同的话说。”想了想又说:“满全今天不在,有些话我给你们说清楚,你们两个是好朋友我不管,别的可不行。”

江歌明白母亲的意思,她怕林松下不来台就说:“妈,你想哪去了。”

张老师放下筷子道:“小歌,当初没有满全那么照顾你,你能这么快走出来么,做人不能忘本。”

江副军长也说:“满全不错。”

林松有些坐不住了,起身要告辞。

张老师说:“小松你坐下。我告诉你,我们这就是你的家,我和你叔一直把你当成亲人。你十五岁就来家里,当时,我们也希望你能和江歌好,既然没好,各自都成家了,你们从今往后,要像兄妹一样。”

林松听了这话,眼睛潮湿了道:“叔叔,阿姨,我明白你们心里想的什么,我心里早把你们这当家了。我在你们这待的时间,比在家待的时间还多。”

林松哭了，很无助的样子。

江歌抽出一张纸巾递给他。

从那以后，一切看起来依旧，江歌对李满全的态度似乎变了，李满全经常一周回来一次，每次话也不多。每次和她亲热时，她总是提不起精神，有时推开他道：算了吧，这几天太累。他就住了手，望一眼她，侧过身独自睡去了。

张老师为了分居这事找江歌谈过，江歌每次都以孩子上学方便，自己上班近为借口，让母亲无话可说。

李满全每周回来一次，偶尔回来两次，日子倒也相安无事。久了，张老师便不再操心了。

江歌和林松关系近了，就了解了相互的内心世界，他们都为自己不幸的婚姻惋惜，都在心疼着对方，为当年的错误决定而悔恨。有时候，两人在家里见面不方便就改到了外面，吃个饭，到公园里转一转。那种感觉，两人似乎又回到了初恋。

独自

李满全现在是和马香香一个小区。以前她爱人的父母不想让两人搬出来，现在孩子大了，上学了，马香香一再坚持下，两人终于搬了出来。晚上他总要在院里走几圈，有时会看到马香香从楼上下来倒垃圾。他每次见到马香香两人都会聊两句，站在垃圾桶一侧。聊几句之后，她就会不时地抬头看楼上，他就说："快回去吧。"马香香浅笑一下，趿着鞋向楼上走去。他继续走圈。

又一次看见马香香时，她就好奇地问："怎么没见到你爱人和孩子？"他就答："孩子上学近，住在姥爷家了。"马香香点点头："那平时你吃饭怎么办？"他又答："自己做点。一个人吃饭也不复杂。"聊过了，两人又分开。

从那以后，马香香偶尔会在吃饭时送来半碗排骨或带鱼什么的。他说着感谢话，把马香香碗里的菜倒腾到自己家碗里，马香香就打量着房间说："你这房间真大。"他一边递给她碗一边说："以前严处长住的，他调到北京去了。"

马香香就感叹："还是处长住的房子好。"

他笑一笑，马香香就告辞了。他一直把她送到楼梯口，嘴里不停地说："慢走，楼下灯坏了，看好路。"

崔主任偶尔也会喊他去家里吃饭，他每次去都不空手，在家炒两个菜端过去。崔主任住的也是处级干部的房子，两人会喝些酒，聊聊单位，也聊聊现在的社会，谁谁下海做生意了，都开上小车了。还说，谁谁下岗了。天南地北地聊了会儿，崔主任就说："昨天在厅长办公室，厅长说他孩子在军里当上副连长了。他还说，要感谢你呢。"他笑笑道："见到厅长帮我带好。"崔主任突然说："你不知道，厅长要退休了。"他摇摇头。崔主任就说："厅长要退休，对咱们是个损失。"他的心就顿了顿，来到林业系统上班，厅长对他来说无论如何都是贵人。听说厅长要退休了，他和崔主任一起感叹几句。

父母来了，他接到自己的新家里，父母来是他写信邀请来的。从当兵开始，父母一直要来看他，以前一直没找到机会，终于有自己房子了，把父母约来住一阵子。

父母参观了房子就问："你媳妇和孩子呢？"

他就答："孩子为了上学方便，住姥姥家了。"

安顿好父母，他给江歌打了个电话，告诉她自己的父母来了。江歌就问："他们什么时候走？"他就说："估计要住一阵子。"江歌就说："周末我过去吧，现在单位忙。"

周末时候，江歌带着丁丁来了，这是父母第一次见到江歌，更是第一次见到孙子丁丁。老两口高兴坏了，忙前忙后的。江歌到新房这里来是第二次，第一次刚拿到钥匙时，李满全带她来过一次，站在客厅里看了看，没说什么就走了。

江歌是中午时过来的，一起吃个饭，吃完饭她带着孩子站在门口说："下午孩子还要补外语。"就先走了。

孩子怯怯地和爷爷奶奶告别，江歌冲李满全道："抽空领爸妈去家里坐坐。”李满全点了头。

又一个周末时，李满全带着父母来到了江副军长家。

江副军长和张老师接待了父母。四个老人在客厅聊天，他在厨房忙碌，江歌站在一旁打着下手。父亲坐在客厅里已经抽到第三支烟了，江歌咳了两声，小声地说：“你和你爸说别让他在屋里抽烟了。”

自从江歌怀孕后，他就不在屋里抽烟了，岳父平时偶尔也会吸支烟，都站到院里吸，吸完才进门。

他湿着手走到父亲身边，把父亲正抽的烟摁灭道：“爸，丁丁还小受不了烟味，别抽了。”父亲就一脸愧疚地：“不抽不抽了。”

在岳父家吃过饭，就带着父母回来了。一进屋，父母就坐在沙发上，母亲先开口道：“满全，以后我们不去你岳父家好不好？”

父亲把帽子摘下来也说：“这顿饭吃得太累，弄得我满身是汗。”

他理解了父母，点点头，没说什么。

父亲又说：“满全呀，我们和你岳父一家不是一类人，说个话也累。”

母亲歪倒在沙发上：“儿子家才是家呀，丁丁和我们也不亲，他的眼里只有姥爷姥姥。”

他说：“孩子和你们接触少，熟悉了就好了。”

母亲又说：“等夏天你有空带孩子回趟老家吧，让他认认祖辈。咋说也是咱们家的孩子。”

他每天上班，家里就剩下父母，母亲中午自己做饭，晚上他回来做。

父母经常在楼下遛弯。有一天晚上回来，父亲吃惊地说：“满全，我在楼下看到马香香了，她也住这个院？”

母亲也说：“这丫头没变样，还是以前的样子，她说要来看我们。”

第二天下班后，马香香就来家里了，她带来几个馒头，还有一大碗排骨，和父母有说有笑地聊了一阵子。聊老家今年的收成，也聊天气。马香香就说：“哎呀，我都好久没回老家了，都想妈妈做的菜了。”

母亲就说：“你妈天天念叨你，过年过节的，你几个姐姐都回来，就差你一个。”

马香香眼圈就红了。

从那以后，马香香经常到家里来坐一坐，陪父母聊聊天。马香香说：“叔，婶，见到你们我就跟回了老家一趟似的。”

马香香一走，母亲就感慨地说：“这丫头一点也没变，跟以前在屯子里时一样。”

父亲也说：“她爸马德海现在见了我一直抱怨我们没做成亲家。说到现在也没见过亲家长得啥样。”

李满全听了父亲的话就想到退休的秘书长。他在院里也见过几次马香香的爱人，瘦高郁郁不得志的男人，脸色依旧苍白，见人不爱说话，总是低着头走路。他们打过两次招呼，马香香爱人半天才认出他道：“是李场长啊。”说完低下头，溜着墙边走了。

有一次，他问过马香香，马香香低下头，眼神忧虑地说：“他就那样，平时在家里也不说话。他不喜欢热闹，只喜欢一个人待着。”

他就不好再说什么了。

父母在家里住了两个月就张罗着要走了。父亲说：“要过年了，回老家还要上坟。”他送走父母，想自己十几年没在老家过春节了。想起小时候在家过春节时的样子，他心里就有些伤感。

春节，江歌随文化馆的同事去南方旅游，他只好带着丁丁陪岳父岳母过了三十和初一。初二的时候，他带着丁丁回到自己家里，晚上他和丁丁躺在了床上。丁丁到处嗅来嗅去的，他问：“你闻什么？”丁丁说：“我闻到爷爷奶奶的味了。”他想起这床被子一直是父母盖，走了，他也没洗过。听儿子这么一说，他眼泪差点掉下来。这就是亲情，丁丁和爷爷奶奶就见了那么一次，他却能闻到他们的味道。他就给丁丁讲自己小时候过年的事，丁丁很新奇，问来问去。和丁丁聊了好久，才睡去。

一个人的时候，他就会想起马香香，拿马香香去和江歌做对比。他做过假设，自己和马香香结婚，生活肯定是另外一个样子。但没有江歌就没有他现在的李满全。那会马香香还能嫁给自己么？他被自己的假设吓了一跳。生活就是生活，是不可更改的，理想是一回事，现实却是另外一回事。

远和近

林松提升为副师长，去部队报到了。林松赴任的这个师在郊区。林松来家的次数少了。有时一两个月才来一次，在军里办完事，到家看看。每次来专车都在外面等着。吃顿饭，聊会天，就要告辞了。江歌送他到门口，林副师长挥下手，回望一眼江歌便走了。车辆发动已远去了，江歌才关上门，嘴里哼着歌上楼去了。

从那以后，江歌经常在周末时不回家，她的理由是和同事约好了，要么去郊区旅游。每每这时，李满全便把孩子接到自己住处，陪孩子写作业，去补习班。有一次丁丁抬起头问他：“爸，你恨不恨林松叔叔？”他一怔，直勾勾地望着孩子说：“我为什么要恨他？”丁丁低下头：“因为林松叔叔老来找妈妈。”他看着孩子，久久没有说话。从林松第一次走进家门时，他已经看出来江歌心底里是高兴的。刚开始她还忌惮他的存在，到最后，她已经不顾及他的感受了。孩子这么说，他反而安慰孩子道：“别乱想，林松叔叔和你妈是好朋友，他们从十五岁就是朋友了。”说到这时，他心疼了一下。

丁丁不再说话了，埋下头去写作业了。这样的日子过得也相安无事。

有几次丁丁在家时，马香香来送吃的，见到丁丁热情地打招呼，冲李满全："叫丁丁吧，长这么高了。"她伸手去摸丁丁的头，丁丁躲开了，很不友好的样子。马香香就笑着冲李满全道："你家丁丁懂事了。"

马香香走后，丁丁就审视地望着父亲，他就解释："这个阿姨是爸爸的同事。"丁丁就又说："那么多同事不来看你，为什么只有她来？"

他就笑笑说："这个阿姨和别人不一样，我们从小就在一起。"

丁丁低下头："爸，是你早恋对象。"

他笑了，摸摸孩子头说："你这个小毛头，懂得还不少。"

丁丁又抬起头说："我们班董大春也有女朋友了。"

他笑出了声。

丁丁又说："他们经常交换礼物，我们都看到了。"

他一边笑一边说："那是友谊，不是爱情。"

丁丁反驳道："不是友谊，我和张来才是友谊，我们都是男的。"

李满全看着眼前的孩子，他意识到丁丁长大了。

林松的爱人甘医生突然来到了江副军长家。正是上班时间，江歌不在家，只有江副军长和张老师在家。

甘医生来过家里，这次可以说是轻车熟路，她一进门就坐到沙发上，张老师给她倒了杯水。她并不喝水，看着江副军长和张老师道："我是个知识分子，不想和你们吵架。"

江副军长和张老师心里一惊，不解地看着她。

她说："你们要教育好江歌，她不能插足我和林松的感情。"

二位老人意识到问题严重了，吃惊地望着甘医生。张老师说："甘医生，你把话说清楚，江歌怎么了？"

她说："江歌有爱人，有家庭，有孩子，她干吗三天两头跑到林松那里去，弄得别人以为他们是一家人。"

江副军长咳一下道："甘医生，我们江歌最近上班一直很忙，上个周末还出差了，她哪有时间去林松那里。"

甘医生："她出什么差，是去林松那出差吧，我来看林松，被我撞上了。她还为林松洗被子。这是一般的关系么？"

江副军长和张老师彻底吃惊了。

甘医生又说："我已经和林松领导谈了，今天到你们这来一趟，就想告诉你们，要管好江歌。"

甘医生说完就走了。

剩下发怔的两位老人。

张老师："小歌怎么干出这种事？！"

江副军长抖抖地拨电话。电话通了，电话那端就是江歌。她在电话里喂着。江副军长说："工作不忙就先回家一趟吧。"说完把电话放下了。

张老师坐在沙发上，手不停地哆嗦，江副军长绕着沙发踱步。

江歌一回家，看到眼前的阵势什么都明白了。她沉稳地坐下道："爸，妈，实话跟你们说，最近几次我外出，就是去看林松了。"

父母张口结舌地望着她。

她说："林松就是要离婚，他已经找律师向法院提起诉讼了。"

张老师抖着手："林松离婚是他自己的事，你跟着凑什么热闹。"

江歌干净利索地说："我也要离婚。"

张老师差点背过气去，靠在沙发上有气无力地："小歌，你胡说些啥，快把话收回去。”

江歌仰着头：“我不收，我一直爱的就是林松。”

江副军长坐在沙发上，也一副有气无力的样子。

张老师：“满全这么多年，哪件事对不起你。”

江歌：“他想得到的，都已经得到了，我不想再折磨我自己了。”

两位老人面对毅然决然的江歌，他们已经没有话要说了。

李满全得到这消息时，是一个周末，江歌刚把孩子送到补习班，他在厨房从冰箱里拿出菜正准备做饭。

江歌把他叫到客厅里，郑重其事地把这一结果告诉了他。

他站在客厅里，腰间扎着围裙，两只手还水淋淋的。他听了江歌的决定，站了一会儿，一句话也没说，转身又回到了厨房。

像往常一样，丁丁被江歌接回来后，一家人围坐在一起吃了一次饭。饭后他又和丁丁玩了一会儿，丁丁还要玩，他便说：“该复习了。”让丁丁上了楼。

江副军长和张老师在看电视，江歌坐在另一个沙发上吃水果，他走过去坐在江歌身边。他说：“爸，妈，小歌跟我说了。”

两个老人把目光从电视上移过来，盯着他。

他搓着手道：“你们一家对我不错，是你们让我有了今天，我听小歌的，不想为难她。我知道，强扭的瓜不甜。”

江歌吸了下鼻子：“孩子跟谁你做决定。”

他勾下头，扭着手指道：“这事先不让孩子知道行么？”又抬起头：“我就这一个条件。”

江歌说：“行，依你。孩子还放我这，你想来就来。”

他点点头，又坐了一会儿，站起身，走到楼梯口冲楼上喊：“丁丁，爸爸走了。”孩子应了一声。他又回过身冲两位老人道：“爸，妈，我走了。”

张老师站起身来，送他到门口，颤着声音叫了声：“满全……”

他回过头时，看到岳母眼里含了泪。

他说：“回去吧妈，外面风大。”

他替岳母关上门，向公共汽车站走去。不知何时，他已经满脸是泪了。

对于江歌的决定，他并不吃惊，也不意外，从林松出现开始，他已经预感到了。他只等着到来的一天。林松的出现，是他和江歌感情的分水岭。

江副军长和张老师躺在床上，两人久久都没有说话。张老师先是叹口气：“满全这孩子不错。”

江副军长哼一声，心有不甘地说：“我要再年轻十岁，小歌这么做我肯定不同意。”

张老师吸着鼻子：“自从小歌结婚那天，我就把满全当成自己儿子了。”

江副军长也长长叹了口气。

一个星期后，江歌和李满全去民政局办理了离婚手续。

两人从民政局出来，他说：“这事先不要告诉孩子。”

她说：“我答应过你。”

他又说：“我每周还会去看孩子的。你照顾好你自己，爸妈有啥事给我打电话。”

她说：“嗯。”

两人分头离开了。

她去等公交车，他去找自己的车。他和司机交代好，让司机在公安局门口等他，民政局和公安局一墙之隔。

他坐在车上，说了句："回场里。"

司机把车开上了主路。

他觉得自己又回到了原点，他想起给首长做公务员时的情景，宣传队的女兵在他眼里个个都是女神。

人到中年的李满全才知道和江歌不合适，不为别的，就是两个人的想法从没一致过。两人过到现在，有了孩子后，就是搭伙过日子。不阴不阳，不温不火。他这么轻易地答应江歌，是不想折磨自己和她，他们之间有大半年没有夫妻生活了，离就离吧。他在心里告诉自己，江歌一家已经帮不上他什么了，未来的路还得靠他自己去走，寻找下一个贵人。

命运

马香香把一张假条送到他的案前。马香香的脸色很不好看，她说："我爱人住院了。"他问："什么病，这么急？"

她说："医生说是重度抑郁。"

马香香爱人得病是有兆头的，这几年他的话就很少，脸色苍白，经常独自一人发呆。最初马香香以为爱人有心事，便没在意。前一阵子，是个星期天，爱人爬到了楼顶，马香香接完孩子从补习班回来，站在院子里，看见他站在楼顶往下看。马香香就惊呼一声："快下来，站那干什么。"他不下来，仍那么站着。

马香香就惊呼一声，也爬到楼顶，发现他已经站到楼顶的最外沿上，她去拉他，他说："我要从这飞下去。"她惊呼一声，死死地把他抱住，两人摔倒在天台上。

那天开始，他便住院了，医生的诊断是抑郁症。

马香香先是把孩子送到婆婆那里，又请了假照顾爱人。住了一阵子医院，出院了，看样子似乎并没有好，脸色依旧苍白，见人并不说话，贴着墙边走。

李满全在楼上看到过马香香带着她爱人在楼下散步。正是春天，马香香折了几枝迎春花拿在手里，她爱人许科长跟在她身后，像个孩子一样。

当天晚上，李满全敲开了马香香家门。开门的是马香香，马香香见了他，低声说道：“你怎么来了？”他也小声地说：“我来看看。”

许科长刚才还坐在客厅的沙发上，见有人来转身进了屋，还关上了门。马香香就说：“他怕见人。”

她安顿他坐下，走过去打开门道：“李场长来了，你陪陪呀。”

许科长又慢吞吞地走出来，站在门口冲他点了点头。马香香扶着他让他坐到沙发上。

马香香倒了杯茶过来，放到他面前的茶几上。

马香香又说：“李场长抽烟，你把烟缸拿出来。”

许科长弯下腰从茶几下把烟缸拿了出来。

马香香又说：“你陪李场长抽烟。”

他又从茶几上把烟拿出来，递给李满全。

马香香说：“他现在跟小孩一样，什么事都得告诉他。”

李满全为许科长点着烟。他说：“许科长，还认识我么？”

他们在厅里开会时见过几面，经崔主任介绍两人还握过手。

李满全这么说，许科长认真地看他一眼，又低下头道：“你是李场长。”

他在马香香家坐了一会儿，起身告辞了。马香香把他送到门口，叹口气：“场长，我请的一个月假就快到了，你看这样，我一时半会也没法上班。”

他说：“上班的事不急，照顾病人吧。”

他离开马香香家，心里很沉重。

有一天傍晚，他在院里散步，又碰到了许科长在马香香的带领下也在散步，他停下脚步，和马香香慢慢地往前走。他看眼身后的许科长就感叹道："你爱人怎么得了这个病？"

马香香瞄眼身后的许科长，压低声音：我想和他爸退休有关。在这之前一直传说他爸要当副省长，没当上退休了。从那会儿开始，他就变了。

李满全也叹口气。

马香香又说："厅里那会儿也一直传提拔他当副处长，他爸退休了，提拔的消息也没有了。"

李满全又想到了自己，在场长的位子上也干了几年了。他也在为自己晋升想着办法。他找过崔主任想办法，崔主任就啧着嘴说："你的事只有厅长能帮上忙。不过，厅长眼看就要退休了，他现在不管事了，怕惹下麻烦。"

他问："什么时候退？"

崔主任说："估计也就这一两个月退。前一阵子，省委组织部都找厅长谈话了。"

李满全眼前就黑了。

崔主任还说："听说咱们林业系统要缩编了，林业部要改成林业总局了。"

"消息准确么？"他变音变调地问。

崔主任说："厅里有领导参加了北京的会议，会议内容还没传达，不过，无风不起浪。"

在这之前，他一直梦想着调到机关来，像他的前任杨场长一样，调到机关当上了后勤处长，虽然是平级调动，但性质却不一样，机关属于公务员序列，林场是国企。他和杨场长不一样，杨场长调到机关是最后一站，调来没几年就退休了。他还年轻，要是早点调到机关,当一个处长,他还有进步空间。说不定有一天还可以晋升到副厅。

许科长为了前途变成了抑郁症,他又何尝不是如此,为自己的命运操着心,又担惊受怕。

他看着马香香领着许科长走进楼门,再也看不见了,他才向回走去。

一天他刚下班回来,突然听到有人敲门。他打开门,门外站着马香香。他让马香香进来,马香香没坐下,站在客厅内道:"场长,我听说咱们林场要撤销了,所有人员都得分流。"

他一惊道:"你听谁说的?"

她答:"我公公说的,他有个秘书在省政府,他的前秘书对他讲的。"

看来传说终于要变成现实了。

马香香就泣然道:"这次分流我还不知道分到哪里去,场长,你不管调到哪去,可得想着我呀。"

他坐在沙发上,点燃了支烟道:"放心,厅里不会不管我们。"

马香香眼泪掉下来了道:"我不想下岗,前几天,厅组织处的人找我谈了,让我爱人病退,他工作没了,我不能没有工作。"

他抬起头道:"我向你保证,有我的工作,就有你的工作。"

马香香感激涕零地走了。

突然手机响了,是崔主任打来的,崔主任通知他,明天上午到厅会议室开会。

他说:"是我们林场分流的会吧?"

崔主任说:"不仅你们场,机关也要减编了。"

他放下电话,心想:该来的躲也躲不掉。他突然有了喝酒的欲望，他又把电话打给崔主任道：“别在家吃了，出来喝两口，我请客。”

放下电话，换了件衣服，他下楼了。

和崔主任见面回来，他也抑郁了，看来去机关没希望了，分流到哪只能听天由命了。此时的李满全感到特别无助，此时，他多么希望有一只强有力的大手拉他一把呀。

动荡

厅里的改革方案很快下来了。林场变成了护林队，一部分人留下作为护林人员，林业厅成立了一个服务公司，厅里减编人员和林场分流人员，一起去了林业厅的服务公司，李满全任公司总经理。

在这之前，在崔主任安排下，他见了一次厅长。这次见面是崔主任请客，安排在一家饭店里，厅长热情地和两人握了手，坐下来吃饭。他告诉两人自己改革调整机构完成后，就退休了。崔主任仍留在机关，在党委办公室当主任，这个位置崔主任知道很重要，论职务在机关属于中层干部，进可攻退可守的位置，看起来没有实权，但处处又不可或缺。

厅长又说："满全担任服务公司总经理。"说到这补充道："机关现在不好安置，这次改革，撤销了两个处室。服务公司也不错了，仍是事业单位，权力却很活泛，主要工作就是为机关服务。"

这两人的结果，算是厅长退休前努力争取来的。那天两人陪着厅长聊了许多，很晚了才从饭店里离开。

李满全要为厅长叫车，厅长摆手制止了。厅长说："路不远走一走吧。"两人就陪着厅长向家的方向走去。

厅长走在中间，两人一左一右地陪着厅长，厅长花杂的头发被风吹起，厅长就说："要学会适应退休后的生活，走走路就当锻炼身体了。"厅长大步流星地走着。走到厅长家门口，他回过身冲两人道："我这两天就要办退休手续了，你们有空常来玩。"

两人热情地答应了，挥手和厅长告别。厅长向楼门走去时，腰明显地弯了下来。

服务公司搭班子时，李满全想保住马香香办公室主任的职位，可机关分流过来一位副处长，公司不是李满全一个人说了算，还配有书记、副总经理等，研究来商量去，马香香只能担任了办公室副主任。

厅机关这次改革，马香香的爱人被宣布病退了，是马香香代爱人去厅里办理了退休手续。她怕这一消息影响到爱人的病情，并没有告诉他。

马香香爱人许科长的病情很不稳定，住一阵子医院出来，在家待一阵子，病又严重了。

爱人的病折腾得马香香非常憔悴，身心俱疲。

服务公司办公地点离家属院不远，只有三站地，以前是林业厅的库房，现在改成了服务公司所在地。马香香在爱人住院时，她都能按时上班，爱人一出院，她得看孩子一样照看爱人。马香香上班就不很准时，初一十五地就那么上。

服务公司都是机关分流下来的干部，林场那些老人已经很少了，大部分留在原场参加了护林队。她就感到了危机。有一天下班后，她找到了李满全，一见李满全她就哭了。他只能安慰道："你爱人的病一定会好的，你放宽心，别着急上火。"

马香香就说："他的病就那样了，我也不指望他有多好了，我担心我这么上班，公司领导对我有意见。”

李满全点支烟：“你的情况我和公司领导都通了气。你的情况大家也都知道，你爱人都退休了，怎么说也不能让你也失去工作吧。”

李满全的话给了马香香很大的安慰，她三番四谢地走了。

服务公司的业务很复杂，在公司临街有个商店专卖各种山货。只要山上产的，这里都有，还有一部分人的工作是要保障厅机关及家属院的物业工作。

工作压力不大，但事无巨细，大小事情都很繁杂。李满全从场长到服务公司虽然都是一把手，在林场时，他是场长，天高皇帝远，什么事都是他一人说了算。现在在领导眼皮底下工作，哪个工作没到位，领导就不高兴。经常有机关领导打来电话，在电话里没好气地指责他：“机关二楼卫生间堵了，已经报修两天了，为什么还不派人来修？”他就马上灭火，急三火四地派人去修。又有人打电话：“办公室的玻璃坏了。”也得去换玻璃。

机关这些工作以前是由后勤处分管，这次改革，把后勤处的业务都放到了服务公司。李满全很不适应，在别人看来他是个总经理，他自己知道就是机关跑腿的人。

过年过节的，还要给机关的干部准备各种山货，装到礼盒里，送到机关，算作机关干部的福利。

时间久了，李满全发现服务公司有一个最大的好处，就是随时能够接触到领导。机关的人从厅长到机关干部，家里总会有事，都需要服务公司来处理。怎么处理，这就是门学问。

以前，他隔三岔五地会派人去给领导家送些山货，这些人都是副厅以上干部。后来，他在这些副厅以上干部中间划分了几个档次，厅长、书记是一个档次，副厅长是一个档次，享受副厅待遇，但没有实权的又是一个档次。

他从送山货，变成了每周送蔬菜、鸡鸭鱼，这些都是从市场批发来的。他让人把每份东西都用礼盒装好，他挑选下班时间，挨家挨户地送。厅长和书记在一个楼上住。他总会准备一些更丰富的礼品送上去，不仅蔬菜、肉类，包括大米、白面和各种油类。

他敲开门，一件件把东西让人搬进屋里。碰到厅长或书记在家，他会走过去，弯下身子叫一声："领导好。"把送来的礼品清单送过去。然后补上句："厅长，你看家里还缺啥，下次我帮你补上。"

厅长往往这时不会细看清单，大致地看一眼道："李总啊，不错呀，什么都不缺。"他又会说上一句："领导有事你随时吩咐，我就是为领导服务的。"

领导有时会把他送到门口，拍一拍他的肩膀道："李总，辛苦了。"

他客气地告辞。

在书记那也是如此。

到那些副厅长家时，他也会照一个面，指挥着人把东西放下。冲这些副厅领导说："领导对我的工作有什么指示，及时告诉我。"

这些领导有人拿出烟让他吸，有人倒茶让他喝。他摆摆手道："我就不打扰了，这时候送来是怕机关人看到，影响不好。领导知道这份心意就好。"

领导这时会追出门口，三番四谢。

他对这些副厅级干部心里有个尺度，不能经常送，一个月一次，或者一个季度一次即可。但对厅长和书记每周都要保障，比如青菜、鸡鸭鱼之类的食品。遇到厅长和书记不在家时，他会和领导的夫人聊上两句，他会说："嫂子，这可是从农场订的。蔬菜没打过农药，也不用化肥，都是有机食品。鸡和鸭都是土鸡土鸭，放心吃。"

家属们往往都会很感激，拉着他的手说长道短一会儿，这时他从不急着走。背着手从屋里屋外地转了转。又说："阿姨，纱窗该换了，这都破了。明天我派人就来换。"

又听到一阵感激的话，这才转身离开。李满全明白，领导家属往往比领导更管用。夫人说他的好话，比自己做十件事还管用。他察言观色的能力，都是自己当首长公务员时练就出来的，他要进步，就要表现好。在领导眼前的表现比干多大的事都管用。这些年来的进步，他悟出了自己的心得。

此时的李满全在新岗位上找到了乐趣，而且对工作乐此不疲，他喜欢为领导服务，服务好了，有一天就会有别人替自己服务。这是官场上的辩证法。这些年下来，他领悟到了这样的处世哲学。

幻想

马香香的爱人许科长出院了。他第一件事是去上班，和以往上班一样，吃过早饭，穿戴整齐，坐三站公交车来到厅机关。上楼，找到自己的办公室，在这期间他碰到几个熟人跟他打招呼，说些他听不明白的话。他径直找到自己的办公室，自己的办公桌还在，堆着一些过期的文件。他坐在自己的座位上，慢慢整理那些文件。对面的人来了，还是原来的小刘。

小刘坐下，惊讶地看着他道：“许科长，你怎么来了？”

他不说话，一丝不苟地整理那些材料。全机关的人都知道，他病退了。病是精神方面的病。小刘对待他就比较小心，绕过他出去，找来处长。处长还是以前的处长，跟小刘一起站在门口往里看，他背对着门仍在整理那些文件。

处长走进来，站在他一侧，用手敲下桌子，他看见了，叫了声：“处长。”站了起来。

处长就说：“许科长，你病没好，快回去休息。”

他嘴唇颤抖着道：“我病好了，医生让我出院了。”说完又坐下，专心地又整理文件。

处长又说：“许科长，你已经病退了，不需要来上班了。”

他靠在椅子上，咧开嘴："处长，你开玩笑，我这么年轻怎么会退休？"

处长说："你退休了，你爱人马香香来办的手续。"

他用不可思议的眼神望着处长："你比我大八岁，你没退休，我退什么休，处长你开玩笑。"

处长又一次出门，同事小刘坐到自己座位上，忙自己的东西，也不抬头。

他整理完材料冲小刘道："小刘，我的工作呢，机关今天是开会么？"

小刘头也不抬地："科长，你真退休了，这里没你的事了，你回家吧。"

他认真起来："小刘，你别开我玩笑，把我的文件找来，我要看文件。"

他和小刘僵持着的时候，马香香来了，马香香是被处长一个电话招来的。她一进门，架起他就往出走。他推开她，力气很大，看着她："我要工作，干吗让我走。"

她说："你生病，退休了。"

他笑道："你也和我开玩笑，你们为什么都要和我开玩笑，我好玩么？"

他不回家，还要去找厅长理论，处长派了两个人架起他，把他送回了家。

回到家，他百思不得其解地坐在沙发上。马香香从抽屉里翻出他的退休证递给他。他仍不信任地看着，丢了退休证，喃喃自语道："你们都骗我，干吗要骗我。"他哭了，哭得跟个孩子似的。

第二天，仍然如此，吃了饭，换上衣服，他看见马香香堵在门口。他说:“干吗不让我上班?”

她说:“你先养病,病好了,咱们再去上班行么?”

他不信任地望着马香香:“医生说我病好了,我出院了,你们干吗一起骗我?”

马香香上前,把他衣服脱掉,换上睡衣,和他商量:“许百均,我要去上班,你能在家好好待着么。中午饭我给你做好了,在锅里热着。”

他点了点头。

她走到门口:“我去上班了,你就老实在家待着。”

他不说话,沉默地坐在沙发上。

她拉开门出去,在门口站了一会儿,没听到屋里的动静才向外走去。

因为他,她的班一直上得断断续续,虽然李满全有所关照,她心里过意不去。因为许久没有正常上班,许多工作她都插不上手了。为了他,她已经好久没有去公婆家看孩子了。自从他生了病,她就没顾上孩子。

她正在上班,接到邻居电话,邻居在电话里说:“马主任,你回家看看吧,你爱人又上房顶了。”

她急三火四地跑回来,一进院子就看见他穿着整齐地站在房顶上。她从单元楼梯一直跑到楼顶,一下子抱住他的腰,人就瘫在了地上。

她是那么的无助,想哭又无泪。她哑着声音说:“咱们回家。”

她给李满全打电话,她没有人求助,公公婆婆忙着给自己带孩子,前几天婆婆又说血压高了。李满全此刻成了主心骨,她觉得他像亲人,此时能和自己分担。

傍晚的时候，李满全来了，走进她的家。马香香一见他，眼泪终于流下来了。他走到许科长身边坐下。他问："许科长，认识我么？"

许科长木木地说："李场长。"

他又伸出三个指头："许科长这是几？"

许科长伸出手把他手压下去，冷冷地看着他说："你别把我当孩子，我一个大学毕业的人，连三都不知道么？"

他不好意思地笑笑，抽出一支烟递给许科长，许科长说："要抽烟，咱们上阳台，我家屋里不抽烟。"

他随许科长来到阳台上，那里有两个小凳一个烟灰缸，烟缸里已经有几个烟头了。两人坐下吸烟，许科长说："李场长，我没地方上班了，他们让我退休了，退休证我都看到了。"

他的事情李满全知道一些，便安慰道："退休是好事，你休息多好。"

他神情坚定地："我要上班，天天在家待着就闲死了。"

李满全认真地看了眼许科长，有些同情他。

他又说："李场长，机关不要我了，你收留我吧。"

他的神情像个孩子。

李满全告辞出来，马香香一直送他到楼门口，低下头道："满全，让你笑话了。"

李满全说："许科长的病没事，我和他聊了下，他很清醒。"

她抬起头无助地望着他。

李满全又道："这么年轻就让他退休，好人也憋出毛病了。"

她泪又流了下来，叹口气："满全，我不如你，你看你多幸福。"

他想起来，自己离婚的事，单位没人知道，介绍信是他自己开的，章是自己盖的。

他说："你明天带许科长来公司吧。"

她惊讶地望着他。

他说："我在公司里给他找个活干。"

他说完就走了，走到自己家楼门时，看见马香香还站在那里，他笑一下，冲她挥了下手。

马香香笑了，是感动。她没想到李满全会这么对待他们。现在李满全是她的依靠，最初她嫁给许百均是看上了他家的背景，她以为嫁给许百均会一步登天，没料到风水轮流转，又转到了生活的原点。这世界上就剩下李满全一个人在真心帮她了。

落地无声

林松离婚的官司终于经法院判决，裁定离婚了。年底，身为副师长的林松转业了。在部队，副师长转业无疑是个大新闻，在部队干到这个级别的军官，进可攻退可守，副师级军官已经是个安全地带了。即便没机会提升，也可以在部队退休养老了。

林松却转业了，许多人都没想到，他会做出这样的决定。他转业后安置在省委组织部担任任免处处长，享受副厅级待遇。

很快在省委又分到了一套住房。

李满全仍像以前一样，每周都要去江副军长家看孩子。自己的车送到江副军长家门前，他从车上下来，提一些水果或蔬菜。在傍晚时分走进江副军长家。最初江副军长和张老师面对李满全极不自然，不论因为什么，两人离婚了，已经不是一家人了。但李满全却热情如故，爸妈热络地叫，一进门就进厨房。似乎他仍是这个家庭的女婿。

时间久了，江副军长和张老师也松弛下来。在饭桌上边吃边聊，江歌很少插话，吃完饭放下碗就忙自己的去了。这也是江歌的风格，她以前也如此。唯一不同的是，林松却不再登门了。

吃完饭，他把桌面收拾干净，又把碗筷洗了，到丁丁房间，陪孩子待一会儿。丁丁已经上初中了，看上去像个小伙子了。

有一天，丁丁一边写作业一边不抬头地问："你是不是和我妈离婚了？"他和江歌离婚时，两人达成默契，在孩子和外人面前保守离婚的秘密。无论如何，离婚都不是件光彩的事，江歌也答应了。

此时丁丁这么问，他装作没事人似地说："不要胡说。爸爸不是和以前还一样么？"

丁丁抬起头："爸，你别骗我了。我妈和林叔叔都要结婚了。"

他怔住了，关于江歌要结婚的消息他从来没听说过。

丁丁说："前两天，我妈都去看新房子了，这两天在买东西。她没跟我说，但她和姥爷姥姥说这些时，我都听到了。"

他没料到江歌这么快就要结婚。

林松转业，安排到省委组织部的消息，他听崔主任说过。就是几天前，他去厅里办事，路过崔主任办公室，崔主任把他叫进门去告诉他的。

林松转业的消息已经让他吃惊了，现在又听到江歌和林松马上要结婚的消息，他又一次震惊了。

他和丁丁告别，走在马路上，他没坐车，一路向家的方向走去。最后他坐到马路牙子上，点了支烟。他想到和江歌相识又结婚，所有的细节。他离婚前也问过自己，到底爱不爱江歌，他没有答案。但他知道，没有江歌肯定不会有今天的自己。

他和江歌从民政局办理完离婚手续，虽然各走各的了，他觉得江歌还在他的身边，和以前不曾有过变化。他想过，自从结婚到生下丁丁，他和江歌的感情一直很正常。他们的关系变化是林松调到军里后开始的。她对他冷淡了，没什么话说了，就是夫妻生活，她也提不起兴趣了。后来他也观察到，江歌只要见到林松似乎就变了另外一个人，话也多了，脸上的表情也丰富起来。她开始爱打扮了，总是站在柜子前，面对衣服挑挑拣拣，似乎哪一件衣服都不满意。也爱逛街了，每次回来都会买回一堆衣服。然后一件件地穿，冲着镜子看来看去。虽然那会他就发现她变了，但并没有多想。心里明镜似的，表面却装着糊涂。他习惯了这种生活，也习惯了这个家。他只能里外忙碌着，对林松热情相迎。没有林松，他就不会建立起来和厅长的关系，也不会当上场长。

他回想自己的生活，跟推理小说一样，环环相扣，缺一不可。

不久，江歌和林松结婚了。这个消息也是丁丁告诉他的。

他又一次去江副军长家，一切照旧，却没发现江歌一起吃饭，他也没问。自从离婚后到现在，江歌经常晚上不在家吃饭，收拾完，他又一次来到儿子丁丁房间。

丁丁写了会儿作业，抬起头说："爸，你以后别来了。我都替你尴尬。"

他说："有什么尴尬的。我是来看你。"

丁丁说："我妈和林叔叔都结婚了，你再来不合适了。"

他说："不可能，我怎么不知道。"

丁丁拉着他来到母亲的房间，打开柜门道："你看，我妈的衣服都拿走了。"

他看衣柜，那里果然空了。只剩下几件江歌以前穿过的衣服冷清地挂在柜子里。

他问："什么时候的事？"

丁丁答："就是上周。"

他不说话了。

丁丁说："你别来了，我答应你，周末我去看你。每周都去。"

他望着儿子，突然觉得儿子长大了。他望着丁丁突然眼睛潮湿了。他说："好，爸给你准备一个房间。"

从那以后，周末他便不再去江副军长家了，而是在家里做好饭菜，等儿子。丁丁每周末过来一次，住一晚上，周日便又回了姥姥家。

日子的味道就变了。

虽然江歌和林松的关系明镜似的摆着，但他们突然结婚，他还是感到失落，像被抛弃了，孤零零地剩下他一个人。他孤独，又有些悲壮。和江歌的婚姻，从开始到结束，他一直是被动的。

温暖

许科长成了服务公司的一员。

每天上班时间，马香香都要领着许科长来到服务公司，办公室里多了一张属于许科长的桌子。

每天来到公司，许科长坐在桌后，等待分配工作。他还是少言寡语，从不主动和人说话，但他的眼神已经正常了许多。办公室的工作例来比较杂乱，上传下达，有时又做一些跑腿的工作。

李满全经常外出，做一些私下活动，每次去，大都叫上他。他总是乐呵呵地跟在李满全身后，出发时大多时候都是在下午。李满全带他们去送礼，先是给厅里各位厅级领导送，后来扩大到了省委、省政府。这样做是厅长交代的。有一次，他晚上去给厅长家送菜，厅长让李满全坐在沙发上和他聊了几句。厅长是这么开场的：

“小李，辛苦你了。”厅长这么说。

他说：“厅长客气了，为机关服务，应该的。”

厅长又说：“大家对你的工作反映不错。”

他说：“厅长多提携。”

厅长再说：“以后省里领导那，咱们也服务一下。”

说完给了他一份名单。名单上列着省政府秘书长、省委组织部副部长，还有一些其他领导家庭住址和电话。

他接过这些名单就明白了，这都是和厅里有利害关系的部门。他保证道："厅长，放心。这些领导我一定服务好。"

从那以后，他不仅保障厅里的主要领导，省委省政府家属院隔三岔五他也要跑一跑。他之所以带上许科长，因为许科长这里都熟。他父亲就是前省政府的秘书长，许科长还有另外一个好处，他不会乱说，也不会跟人在下面议论。

每家每户送过了，正是上班时间，这是厅长专门关照的。上班时间领导不会在家，家里人接受起来也方便。最初的时候，每份礼物上都会贴一张打印的条子。上面写着：林业厅服务公司。时间久了，这些条子都不用贴了。

领导家的阿姨们都认识李满全了。有时会给他倒杯茶，有时塞给他一个苹果，说些感激的话，小李长小李短的。每次离开时他都会热情地说："阿姨，有什么要求给我打电话。"名片早就送过了。渐渐地，厅里领导那他不亲自跑了，让办公室的人代办了。他只负责省里的领导。

有一次送完礼，他和许科长往车上走，许科长突然拉下他的衣襟说："李总，这就是我家，去我家坐一下呀。"

许科长手指着身边的一个楼门说。

其实，在这之前，他好奇过许科长的家庭。那是刚听说马香香嫁给省政府秘书长公子之后的心情，后来又听说，这位秘书长要当副省长了。一直又听到秘书长退休了，许科长生病，他不知道许科长生病和秘书长退休有没有联系。

他听许科长这么一说，冲司机说："带上一份礼品。"

司机从车里搬出一箱蔬菜,他自己又搬了一箱鸡蛋,许科长要替他拿,被他拒绝了道:“你去叫门。”

门开了,许科长母亲开的门,见到几个人惊呼一声,把众人让进门。司机把东西放到厨房,便下楼了。屋里只剩下李满全和许科长。许科长介绍道:“妈,这是李总。林业厅服务公司的李总。”

许母就热情地把他让到客厅里,在沙发上坐下。

许秘书长从书房里走出来,刚摘掉老花镜,鼻翼两侧压的痕迹还在。

许科长又一番介绍。许秘书长握住李满全的手道:“谢谢你了小李,香香跟我们说了,你是我们的大恩人呢。”

他知道,是因为让许科长到公司上班的事。

许秘书长就叹口气道:“百均提前退休这事,我一直有意见,和你们厅领导反映过,唉,一朝天子一朝臣呢,没人把我的话当回事了。小李呀,要不是你,百均的身体不会恢复得这么快。”

他就说:“我应该做的,也是为香香分忧解难,毕竟马香香是我们单位的人。”

许母洗了水果放到茶几上。也感叹道:“小李,你还看得起我们,还到家里坐坐。我们应该去看你才是。”

他就笑着说:“叔叔,阿姨,这都是小事,我应该做的。”

他仔细打量前秘书长的住房,果然阔气,客厅很大,足有四十平方米,对面还有一个餐厅。房间向里面伸去,有好几间。他就想:领导的待遇就是不一样。瘦死的骆驼比马大。

他坐了会儿就告辞了。许科长跟上他一起离开了。老两口站在门口一直送他们上了电梯,电梯门关上,见他们还在招着手。

每到周末,马香香总会做些好吃的给他送来。自从江歌和林松结婚，他便不再去江副军长家了。周末丁丁有时过来，有时复习忙就不来了，家里只剩下他一个人，一日三餐他就对付吃一口。有时，好多换洗衣服就随手扔到洗衣机里。

马香香把东西放下，看着到处落满灰尘的这个家就说："我帮你打扫下卫生吧。"说过了就挽起袖子擦洗起来。他也过来帮忙。

干了一会儿，马香香直起腰来试探地问："听人说，你离婚了？"

她望着他的眼神小心翼翼的。

他点点头："她已经再婚了，就是省委组织部新来的林处长。"

她又低下头忙碌起来。他坐在沙发上，点了支烟，看着她仍保持得很好的腰身。想起年轻时的马香香。

半晌，她头也不抬地说："我去部队看你，就为这么个女人，你连送我一下都没有。"

他把烟头用力摁死在烟灰缸里，再抬起头时，看到她眼里已经含了泪。

她又想旧话重提了。他走到洗衣机旁，把洗衣机打开。他倚在洗衣机上说："我去过许秘书长家了。"

她没说话，把胳膊伸到沙发底下擦着灰，把抹布拿出来，走到洗手池边才说："你一个人这么过日子可不行，用不用我帮你张罗一下。"

上周，丁丁来过他这，他给丁丁做了饭，丁丁说："爸，我妈不回来了，你要是结婚，我可没家了。"他凝视着儿子。儿子马上就要上高中了，他的上唇已经长出了一些茸毛。江歌搬走和林松过日子，儿子外表似乎没什么变化，但心理一下子就成熟了。这种成熟，只有他能看得出来。他说："我不会结婚，爸陪着你。等你上高中了,你就搬过来住。”

儿子看他一眼,放下碗道:“爸,我吃饱了。”然后儿子走到桌前,掏出书本开始复习了。

马香香开始帮他清理厨房。

他说:“我不会找了。结不结婚的,就那么回事。”

马香香看了他一眼,没再说话。

他的确没把结婚的事放在心上,和江歌结婚是为了提干,他现在已经留在城里了,已经是处级干部了,这是他之前做梦也没想到的,但他并不满足,他觉得自己还有升迁的可能。他还年轻,不想在原地踏步。他现在所做的一切,就是为了有一天,自己在官场上再有所成就。

马香香对他的关心,让他感到温暖,但他知道自己再也不会和马香香有什么了,两人像老朋友一样,挺好。

狭路

组织部派人进驻林业厅考察干部。这是任命提拔干部的前奏。

组织部派出来的工作组，带队的人就是林松。机关处以上的干部都要谈话一次，服务公司也是处级单位，李满全也要被谈话。被谈话的那一天，是崔主任通知他的，定好时间地点后，崔主任就说："林组长是你老相识了。"他明白崔主任话里的用意。这是在提醒他，他离婚的事渐渐厅里传开了，都知道他的前妻嫁给了林松。他没和崔主任多说什么，便挂掉了电话。

谈话是在下午，他不早不晚地来到厅里三楼的会议室，会议室里没人。谈话是在会议室旁边的一间办公室里。谈话正在进行，李满全见会议室的桌面上有一个烟灰缸，里面已经有几个烟头了，他也点了一支烟。他到服务公司后，烟的质量明显提升了，抽的是"中华"烟。正在这时，组织处的一个工作人员走了进来，冲他说："是李总吧？"他点点头。工作人员说："轮到你了。"

他被带到隔壁办公室。

林松坐在一张办公桌后，两个工作人员一左一右坐在林松的两侧。桌子对面有一张椅子，显然，那是被谈话人坐的位置了。

他进门时，林松欠了一下身子，冲他笑了一下。他走过去，伸出手，林松似乎没料到，忙伸出手来。两人握了一下。林松客气地说："李总，坐吧。"

他坐下，望着林松，他已经好久没见到他了，他似乎比以前胖了一些。林松也在打量他。

林松就问："李总，最近可好？"

他笑着说："瞎忙呗，都是服务别人的活。"

林松看下眼前的本子道："李总，处级岗位干了六年多了。"

他说："还有一个月零六天就满七年了。"

林松公事公办地说："你的情况，厅里有关领导已经介绍过了，对自己未来有什么想法？"

他沉吟一下，自己的想法就是早日提升副厅级，现在他所做的一切就是为了早日提升副厅级干部而努力。他知道，林松给不了他这些，他抬起头，感慨地说："顾全大局，服从组织的决定。"

林松笑了，也从日记本上抬起头。他发现坐在林松两旁的工作人员，手里拿着笔和本，却一个字也没记。

林松说："我们受组织部委托，例行找干部交流一下情况，麻烦你了。"

他知道，谈话到此就该结束了，他站起身道："那我走了？"

林松也站起来："辛苦你了。"

他挥下手，没再说话。转身推开门走了出去。

他往外走时，想到了崔主任，转身上楼来到崔主任办公室门前，崔主任的门虚掩着，里面没别人，崔主任正在打电话。听崔主任把电话挂了，他象征性地敲了下门，推开门，走了进去。

崔主任见是他，伸了个懒腰："谈得怎么样？"

他笑一下，抽出支烟扔给崔主任，两人点上烟，他才道：“这个形式主义还不如不走，有什么用？”

崔主任示意他把门关上，等他走回来，崔主任说：“小道消息，林松要到我们厅当副厅长了。”

他吃惊地瞪大眼睛，半晌才说：“可靠么，那组织部还做这个样子干什么？”

崔主任神秘一笑道：“这是提前熟悉情况。”

他已经没有兴趣再坐下去了，转身走了出去。崔主任同情地看着他走远。

果然，两个月后，林松新官上任了，担任林业厅的第三位副厅长。没过几天，家也搬到了林业厅的宿舍。

每半个月保障一次厅级干部的福利时，每次走到林松家门口时，他就冲司机和工作人员说：“你们进门送去吧。”

他下了楼，站到车旁吸烟。他看着楼上，这是厅级干部的宿舍楼。里面宽大，四室两厅的房子。以前他去过，住着前王副厅长，王副厅长调走了，人也搬走了，宿舍就一直空着。那会儿，他觉得自己有希望搬到这里来住。没承想，却搬来了林松。林松变成了他服务的对象，司机从楼上下来了，手里提了两瓶酒，他正疑惑着，司机说：“李总，这是林副厅长捎给你的，他说你爱喝酒。”

他没看那酒，拉开车门上了车。司机把酒放到后备厢里，司机上了车，便问：“李总，咱们去哪？”

他没好气地说：“回家。”

车开到他家门口，他下了车，司机探过头说：“李总，那酒？”

他没回头：“送给你了。”没等司机回答，他已经走进了楼门。他认为这两瓶酒是对他的羞辱。

从那以后，再为厅级干部送各种东西时，他不再露面了，而是让司机和工作人员去了。他就想：“自己的工作干的是伺候人的勾当，永远上不了台面。”在这之前，他以为让自己的服务赢得领导好感，进步的阶梯便会朝自己走来。自从林松当了副厅长之后，他的观念发生了变化。

从此，他只去省里领导家送保障了，指着厅领导让自己进步，看来是没指望了，对省里领导的保障这是厅长特意关照的，他不敢大意。

省委办公厅张副主任的家属也姓李，每次见了他都很热情，小李长小李短地叫，有时还给他沏杯茶。这样的机会，他不会放过，他端着茶杯在屋里走走看看，嘴里说着：“阿姨，家里有啥活需要我们服务的。”

阿姨走到阳台前说：“这里有个纱窗，坏了一个多月了，和机关管理局报修一个多月，也没人来修。”

他记下了，转天后，他就带人上门来了，两个工人修纱窗。

李阿姨又惊又喜，很是感激，又倒了茶，还找出一些干果放到他的面前说：“小李，谢谢你。”

他笑笑说：“阿姨，别客气，以后有什么事就找我。”

说完掏出名片递给李阿姨道：“这上面有我电话，有什么事就直接给我打电话。”

李阿姨就说些感激的话。李阿姨和他聊天，便问：“爱人在哪工作呀？”他犹豫一下，还是脱口而出：“阿姨，我离婚了。”阿姨也怔了一下，忙说：“孩子多大了，现在跟谁呀？”他说：“孩子在姥姥姥爷家，为了上学近。”

阿姨就说：“小李呀，有四十了吧？”

他就说:“三十九了。”

李阿姨就又说:“这么年轻,一个人过咋行,这也没个人照顾。”

他说:“当兵的人,自理能力强,习惯了。”

纱窗修好了,他又检查了一下。让工人下了楼,自己找来拖把,把阳台上的地面又擦了一下。才和李阿姨告辞。

李阿姨自然千恩万谢了。

没过多久,他突然接到李阿姨电话,李阿姨在电话里说:“小李,有空来我家一趟。”他以为家里又有什么活要干,便忙说:“阿姨,哪坏了,你告诉我,我带着工人去。”李阿姨神秘地说:“你一个人来,阿姨和你说点事。”

他就去了。阿姨又给他沏了茶,让他坐下,阿姨就说:“考没考虑再找个对象?”他摇摇头。

阿姨就从一本杂志里拿出一张照片递给他道:“小李,你看看,这姑娘咋样?”

他接过照片看了,从照片上看,这是个普通姑娘。他没说什么,把照片放下。

阿姨就说:“姑娘三十五了,以前谈过几个男朋友,没成。这孩子一直挑,挑来挑去的把自己给挑大了。”

他就说:“阿姨,谢谢你,我暂时还不想考虑个人的事。”

李阿姨就拉着他的手说:“小李,咱娘俩有缘,我才给你介绍这个姑娘。实话跟你说吧,她是宁书记的老姑娘。”

一听到宁书记三个字,他脑子“轰隆”响了一下。宁书记几年前从南方某省调来的,在电视和报纸上,他看过宁书记。

李阿姨把照片收好,又夹在那本杂志里面。望着他说:“小李，你考虑考虑，过了这村，可没这个店了。我是先跟你说的，人家还不一定同意。”

他脑子一阵空白，他喝了口茶说：“阿姨，让我考虑一下。”

李阿姨拍着他的胳膊道：“这就对了，我等你信，你要同意了，我再和人家说。”

他答应过丁丁，为了给丁丁留个家，他不去再婚。丁丁再有一个学期就要上高中了，在他小区附近有一个省重点高中，上这所高中是丁丁的目标，如果丁丁能考上这所高中，便会名正言顺地住过来，这也是他一直期盼的。他想过自己再婚，要等到丁丁高中毕业，考上大学，也许他才会考虑。从江副军长家搬出来之后，他和儿子丁丁一直处于分离状态。他为此难受伤心过。

江歌这么快就再婚，这是他没有想到的。那会儿他就发誓，为了让孩子有个家，一定等到丁丁考上大学，再考虑自己的事。

他一直没有给李阿姨回电话，期间，李阿姨给他打过电话，他回答说：“让我再考虑一下。”李阿姨也很通情达理的样子道：“考虑一下应该的，再婚要慎重。”

他又一次带着司机和工作人员为厅领导送各种副食蔬菜时，厅长和书记家，他露了脸，还在厅长和书记家屋里转了转道：“家里有什么修的告诉我，我派人来维修。”在厅长和书记家并没发现维修的地方。他从楼上下来，工作人员和司机已经上门给几个副厅长送货了。他没再上楼，倚在车上吸烟。天已黑了，院内的路灯已经亮起，家家户户的灯光亮了起来。之所以选择这个时间给领导送货，一是这个时候家家都有人，还有一条就是不引人注意。

他吸完一支烟，把烟头扔到垃圾桶时，他看见了林松和江歌，两人手拉着手，从外面走回来，也许两人吃完饭去散步，也许两人在外面吃完刚回来。路灯把他们的身影拉长又缩短，林松看见了他，叫一声："李总，辛苦了。"直到这时两人才松开手。林松站在楼洞前和他客气了几句，满嘴都是领导的口气。说了几句便走进楼门，江歌随在林松身后，走了几步又回来，走近他说："我昨天回我家见到丁丁了，他现在学习很好，期中考试全班第三。"说完这句话转身走去，林松一直半开着楼门在等她。

他走到车旁，又点燃一支烟，抬起头看见林松家窗子亮了。宽大的窗子透出一扇光亮。他此时的心里有一股说不出的味道。林松永远先他一步，想到这他心就揪紧了。

他又一次走进李阿姨家，热情地把东西指挥着工作人员摆放到厨房。司机和工作人员走了，他留在最后。李阿姨拉着他的袖子道："小李，那件事考虑咋样了？"他知道李阿姨会这么问，真诚地望着李阿姨说："阿姨，那就麻烦你了。"

李阿姨松了口气，拍了下他的肩膀道："这就对了。"

周日的时候，李阿姨把他约到自己家里，不知事前安排好了，还是有意，王副秘书长并不在家。他到了时，宁欣已经到了李阿姨家，正帮李阿姨包饺子。

李阿姨就介绍道："宁欣，在大学图书馆工作。"

他过去帮忙，三个人围在一起包饺子。宁欣很腼腆的样子，话很少，问一句答一句，有时还会脸红。

李阿姨就很热络地向宁欣介绍："小欣，你看李总是能干吧，进门就帮干活，自从认识李总，我们家可省心了，前一阵子还把我们家纱窗给修了。"

宁欣一边包饺子一边笑。

李阿姨转头又对他介绍宁欣："小欣，两个哥哥在南方工作，只有她自己随爸妈来到了咱们这。以前小欣是大学老师，到咱们这就当个图书管理员，一点怨言都没有。"

他看眼宁欣，宁欣低着头，脸红红的。

两人吃过饺子，李阿姨就鼓励他道："和小欣去外面散散步，这么好的天活动一下多好。"他明白李阿姨的用意。便和宁欣从李阿姨家走了出来。出了省委家属院的门，就是一个街心公园，有树，有草地。他就提议道："要不，在这走走？"

宁欣点了头。两人就走进街心公园。大多的时候都是他在说，从当兵讲起，讲到第一次婚姻，又说到自己现在的工作。

宁欣一直在听，不插话，也不发表自己的看法。

宁欣也说了自己："小学在福建上的，初中在贵州，高中又在宁波，大学在杭州。"她不断地变换学校，是因为父亲的工作调动而调动。

最后她开玩笑地说："我也是个老牧民了。"她说话的声音很奇怪，夹杂着五湖四海的口音，很好听，又奇怪。

两人交换了基本信息之后，又走了一会儿，她提出要回家了，他提出要送她，她并没拒绝。她在前面走，他稍后半步走在后面。绕过公园，有一片湖，顺着湖又走了一段，就看见哨兵在站岗。她说："我到了。"他有印象，这是省委书记所在地，这个湖叫秋水湖，在这之前他听说过，但从来也没来过。她向前走去，越过哨兵不远，就是一座小红楼，掩映在树丛之中。他一直看着她的身影走进院内，再也看不见了，才转身向回走去。

从那以后，他和宁欣每周都会见一次面，大多时候，他都去大学找她。后来他才知道，她在大学里也有一套宿舍，平时就住在这里，只有周末才回父母的家。

交往下来，他发现宁欣很温柔，说话从不大声，当过大学老师的人，处处都显得很有修养。

她听说他儿子丁丁的情况后，建议道："要读高中，还是大学的附属高中好。"

在这之前，他也想过大学的附属高中，担心孩子考不上。另外，还有个考虑，他希望孩子考上离自己住的地方近的高中，他好有个照应，就没考虑这所学校。经宁欣这么一说，他也动了心思，但又担忧地说：就怕孩子考不上，这所学校录取分数线很高的。

她笑一笑道："这所学校的校长我认识，我去跟他说。"

他犹豫道："我得和孩子商量下。"

她说："你把他带来，我和他谈。"

一个周末，他带着丁丁来见宁欣。儿子和宁欣相见似乎并不陌生，两人就像早就熟悉，两人聊高中，聊大学，聊考分，聊学校的利与弊，他在一旁插不上嘴。

最后孩子同意报这所学校的高中。宁欣也舒了口气，对他说："要信任孩子，丁丁很优秀，他一定会考上的。"

转眼丁丁就参加了中考，果然，丁丁如愿地考上了这所高中。

丁丁开学时，搬到了自己的住处。自己离学校要换两次公交车，行程大约有四十分钟。因为丁丁和他住在一起，他的生活就规律起来，早晨要早起，给孩子做饭，冬天孩子天不亮就上学了。时间还早，孩子走了，他有时还会躺到床上眯一会儿。

晚上按点回来给孩子做饭。有时晚上有活动，他也要提前给孩子把饭做好，虽然辛苦，他却很踏实。想到孩子从小就住在姥姥身边，自己没尽到父亲的义务，再苦再累也值了。

自从认识宁欣他感觉很踏实，像做梦一样。宁欣作为省委书记的女儿，这么大岁数没结婚，她一定很挑剔。想到自己这条件，还带个孩子，他并没有抱太多希望。只是平淡地和宁欣往来着，他想，就当认识个朋友吧。

身外

有一次，他去大学图书馆看宁欣，宁欣说:“我妈想见见你。”

他有些吃惊，没想到宁欣是认真的。只不过不敢做更多奢望。他似乎对她的邀请已经盼了许久了。他认识宁欣时，他就曾经猜想，也许她就是自己的贵人。终于等来了这一天，这意味着他和宁欣的关系又进了一步。他却忐忑起来，他知道要见的是省委书记，不是一般的父母。一连几天他都没有睡好。

时间安排在周六的下午。时间约好了，他周六上午就开始准备，洗了澡，刮了胡子。站在衣柜前选衣服，换了一件站到镜子前看看，不满意，又换另外一件，一直到满意。儿子在家复习，他中午做好了饭，对丁丁说:“我要是晚上不回来，你就出去吃吧。”把两百元钱放到丁丁的面前。

丁丁说:“爸，我有钱。”

他拍了下儿子的肩膀。儿子说:“爸，你是不是和宁阿姨去约会?”

他没说话，本想去完宁欣家里再和丁丁谈，没料到，儿子先发制人了。他没说话，坐到了儿子的床边，嗫嚅道:“你妈结婚了……”儿子说:“爸，你要结婚我同意，这样你和我妈才公平。”

他怔怔地望着儿子。儿子已经埋下头写作业了，在这之前，他一直担心儿子反对他再婚，没料到儿子会这么说。

下午他如约而至，来到省委书记门前时，哨兵挡住了他的去路，让他打电话，电话通了，他又登记，然后才放行。

他走进省委书记的红楼前时，心竟怦怦地跳了起来。他看见宁欣站在门口的台阶上迎着他。宁欣把他领到客厅里，客厅很大，沙发是皮的，透着威严。他拿江副军长家和省委书记的对比，省委书记的房子要比江副军长家大两倍，他的心就缩小了。刚在沙发上坐下，一位五十多岁的中年女人从二楼走下来，她走在地毯上竟毫无声息。

宁欣就说："这是我妈。"

他忙站起身叫了声："阿姨。"宁欣母亲肩上披了件披肩，笑吟吟地坐在对面的沙发上："小李呀，你坐。"

他欠着身子坐在沙发上，恭维道："阿姨，你可真年轻。"

阿姨就掩了嘴又笑一下，上下打量了一下他，宁欣给他沏了杯茶，给母亲倒了杯柠檬水。然后坐在母亲身边。

他想问宁书记怎么不在，但他不好开口，这毕竟是宁书记家，既然来了，他只能听之任之了。

阿姨并没有过多问他的身世和经历，聊了聊他的工作，又说了几句宁欣。

正说着，一辆奥迪车停在楼前，秘书下车，拉开车门，宁书记从车上下来，走到台阶上，秘书把一个公文包递过来，书记又冲秘书说了几句什么，秘书坐上车走了。

宁书记走进来，他忙站起身，垂着手立在那，宁欣招呼道："爸，你怎么回来这么晚？"书记把公文包放到茶几上："开会晚了点。”然后坐下，抬眼望了下他道：“小李吧，坐，别客气。”

他又一次欠着身子坐下。

宁书记就开门见山地说：“你的事小欣说过，我们没意见，只要小欣同意，我们就支持。”

宁书记作指示地说着家务事。

宁书记靠在沙发上又说：“但要约法三章，第一，结婚后不要打着我的名义去干任何事情。第二，我不会为你们的工作打招呼。第三，你们的生活我不干预。”

说完站起来：“我还有材料要看，让阿姨陪你聊。”

说完拿过公文包踩着地毯上楼了。

那天，他又坐了会儿，便告辞了。宁欣把他送到门外。

他没想到省委书记这么干脆，他以为自己在做梦。他感动得想哭，老天爷对自己太眷顾了，他一路感动着回到家里。

他和省委书记千金恋爱的消息风一样地就传开了。先是崔主任给他打了电话，请他吃饭。在饭桌上崔主任就说：“兄弟，以后我的前途可就靠哥哥了。”

他不解地：“你少来，我的前途还不知靠谁呢。”

崔主任就说：“别装糊涂，你现在是省委书记的女婿了，你还要找谁做靠山？”

没多久，厅长亲自给他打来一个电话，说要找他谈谈。他坐在厅长办公室里，厅长随意得让他有些陌生。厅长和他一起坐在沙发上，喝着茶抽着烟说：“李总，你在处级干部位置上干了有六七年了吧。怪我关心你不够，咱们厅里没位子了，咱们可以上报到省里交流哇。你这么年轻，将来一定大有作为。”那天厅长像兄长一样，说了许多兄长一样的话。

不久，省机关干部调整，他稀里糊涂地被任命为省政府管理局副局长。他自己都不知道是怎么就当上了副局长，这是他梦寐以求的提升啊。

担任副局长不到两个月，他的房子就分下来了，在省委机关的宿舍，是副局级干部标配的房子，四室一厅。

宁欣又约他去了一次省委书记家，阿姨又找他谈了一次话。阿姨说："小李，职务晋升了，房子也有了，你们该结婚了。"

他尝到了和宁欣交往的甜头，还没结婚，他就当上了副局长，他明白，这一切都是缘于和宁欣的恋爱。他只和宁欣父亲见过一次面，他的事宁书记不会管，但有人会替他操心。他盼望着早日和宁欣结婚。

他们就结婚了。一个不当不正的日子。他刚拿到结婚证，林业厅长就给他打来一个电话，开口就热情地说："李局长，恭喜呀，啥时候办事？"

他就说："我就不办了。宁书记交代过，结婚要低调。"

厅长就说："不办怎么行，这是人生大喜事，你是咱们林业部门出去的干部，别忘了这里是你娘家。这样吧，我们厅里帮你办，你来参加就行。"

他不好再说什么了，他也想让更多人知道他结婚的消息。

在一个周末，在林业厅的招待所里，厅长亲自为他主持婚礼。婚礼上，来了许多他不认识的人，除林业厅各级领导外，还有省、市一些领导，包括公安局的人都派来了代表。

他懵里懵懂地办完了婚礼。当天晚上回到家里，崔主任敲开了他的门，把一包东西放到桌子上。

他惊讶地问："什么，不是给我送的礼吧？"

崔主任果然把包裹打开，里面一堆钱，他惊呼道："这怎么行。"崔主任往前一推说："不是我给你的，我怎么会有这么多钱，是大家随礼送的。"

说完从怀里掏出一份名单递给他道："上面随礼的人都写好了。"

他忙给崔主任倒了杯水道："这么多钱，要不退给人家吧。"

崔主任笑道："李总，不，李局长，你想太多了。人情往来，应该的。"

他不知道什么时候有了这么多陌生的朋友。

崔主任打量了一下屋子道："还是局长的房子阔气。我要是什么时候住上这样的房子，死也瞑目了。"

两人又开了几句玩笑，崔主任才道："我去接你班了，到服务公司了，希望也有你的好运气。今天先来熟悉下环境，以后，我给你保障。"

果然，从那以后，崔主任带人来到省里领导家做保障时，每次也给他送一份。那会儿他就想，自己是副局长了。

宁欣是他的贵人，大贵人。这一点毋庸置疑。他和宁欣结婚没有生理上的冲动，有的只是当上副局长后的喜悦。虽说管理局也是伺候人的单位，现在他是副局长，跑腿的事和他没关系了。他想起刚提干那会儿，在皮鞋上钉了掌，走起路来有声有色。现在他很少穿皮鞋了，而是改成了布鞋，这是他和其他领导学的。官越大，越喜欢布做的东西，包括服装。他现在是布衣生活。

悲与喜

宁欣晚上吃完饭陪李满全去散步。走出小区，刚过马路，宁欣就摔倒了，且浑身抽搐。事前没点预兆，他第一次经历过这样的场面，吃惊不小。救护车来了，医护人员把宁欣抬上救护车时，他发现她身底下一片尿渍。

其间，他给宁欣妈通报了宁欣的病情，宁欣妈倒很冷静，告诉他："宁欣这病以前也犯过。"

医生的检查结果很快出来了，宁欣患有先天癫痫病，不用住院，到医院就清醒了。宁欣跟着他从医院回来，似乎大病一场，浑身无力。他抓住她的手，不停地问："你没事吧？"她摇摇头。第二天早晨起床，宁欣又和正常人一样了。他才放下心来。

从那以后，她隔三岔五就要摔倒一次，有时在厨房，在客厅里，甚至在床上。他有了经验，她每次癫痫发作，他就去掐她的人中。有时几分钟，或十几分钟她就清醒了。

他提出让她去医院接受治疗，她却拒绝了。后来他从她嘴里知道，这种病小时候就有了，住过几次医院，吃过药也接受过电击疗法。都没有明显效果。她还说：以前当老师时，自己在讲台上也发过病，做不成老师了，只能去图书馆。因为自己的病一直拖到现在才谈婚论嫁。

他直到这时，才明白宁欣为什么嫁给自己。在这之前，他犹如在梦里，省长的女儿，一个黄花姑娘为何下嫁给他，他如同做梦一样。此时梦醒了，他只能接受现实。他又想起了江歌嫁给他的情景。为自己有些悲哀。

从那以后，他不再让她干任何体力活，甚至也不让她外出。每天上班，他再忙也要把她先送到大学，看她一直走到图书馆，他才离开。好在大学离他们住的小区不远。只有几站地的路程。

他见到宁欣妈时，宁欣妈就握着他的手说："辛苦了，满全。"

他却笑着说："没事，阿姨，应该的。况且，宁欣也不是什么大病。"

宁欣妈就冲他温暖地笑笑。结婚之前，他们一直瞒着宁欣的病情。他不知道，要是知道了这些，会不会结婚。

丁丁为了上学离家近，已经跟他们住到一起了。丁丁马上就参加高考了，早出晚归的。每天晚上，他去洗手间上厕所，看到丁丁房间的灯一直亮着，便轻轻地走过去，推开门，看见丁丁仍在伏案学习。他为儿子倒了杯水，放到桌子上，手搭在丁丁的肩上。

丁丁就说："爸，你去休息，我每天这么晚都习惯了。"他从儿子的房间里退出来，心里就多了几分悲情。儿子的学习不容易，从他这开始，往上祖祖辈辈都是农民，没有一个有文化的，从儿子这一辈开始，就要出大学生了。想到这，心里又多了几分自豪和温暖。

他自从当上副局长后，最高兴的是哥哥，哥哥带着儿子找到了他。他当兵时，侄子就出生了，此时已经是二十几岁的大小伙子了。他把哥哥和侄子安排在招待所。哥拉着他的手上下打量了他道："弟呀，你出息了，这都当上副局长了。"哥放下他的手，把侄子推到他面前说："弟呀，哥老了，不求你啥了，你侄子大春高中毕业好几年了，一直没找到工作。弟，你出息了，不能不管你大侄子。"

他看着侄子，侄子生得浓眉大眼，像嫂子。他有些为难，只好说："哥，你和大春就先住这吧，让我想想办法。"

哥来的消息被局长知道了，一定张罗着要请客，他不好回绝，只好依了局长。局长姓姜，五十出头的男人。

局长又叫了另外两位副局长和哥一起吃饭，席间听说哥是带着侄子来找工作的，局长二话没说，冲他道："满全局长，侄子工作一定要安排，不仅安排，还要安排好。"说到这，又冲另外两个副局长："你们说是不是这个理？"

两个副局长就忙点头道："局长说得对，侄子是家里人，一定安排好。"

哥见局长们这么说，晃着身子又端起酒杯道："我替满全谢谢各位领导了。"自己把一杯酒喝了，有一半洒出来，湿了前襟。

局长又想了想说："满全局长，要不让大侄子去车队学开车吧，也算是门手艺。"

他看了眼侄子，高中毕业，没个文凭，学开车已经不错了。便忙端起酒杯道："谢谢局长。"

局长一句话，侄子便留在了省委机关的车队里去学车了。

哥哥要走之前，参观了他的住处，一边看一边说："弟呀，你这辈子行了，哥替你高兴。"哥流出了两行感激的泪水。把哥送走，他回机关上班，路过姜局长门前时，姜局长的门半开着，见了他，招手让他进去。他坐在沙发上，局长端着茶杯过来和他并肩坐下，拍着他的肩膀说："满全局长，以后有事你千万别客气，这种小事不用你出头，让弟兄们去办。"他拿出烟敬局长，局长吸着烟道："我这个位子迟早是你的。我没啥盼头了，上面也没啥靠山，干到这就是终点了。你年轻，还有奔头。"

他就谦虚地说："局长，我还得靠你培养。"

姜局长顿时大惊失色地说："满全局长，你言重了。"突然想起什么似的，压低声音说："听说弟妹身体不好，我认识一个气功大师，好多大领导都找他看过病。"说到这起身把门关上，神秘地说："前几天我把他请到省长家里去，他给省长看过病，省长说这大师灵。"

他盯着姜局长看着。

姜局长就说："你等我信，这事我来安排。要是弟妹灵验，再介绍给宁书记。人岁数大了，不可能一点病也没有。"

姜局长说完笑笑。他明白姜局长的意思。没说什么，算是应了。

果然，几天后，姜局长找到他神秘地说："和大师说好了，晚饭后去你家。"

他说："要不，先请大师吃个饭吧。"

局长说："不用，先在我家吃饭，吃完饭我就领到你家去。你跟弟妹说一下，让她配合就行。"

他下班回到家把大师要来家里的事和宁欣说了。宁欣说："我不信。"他说："信不信的试试，反正看不好也看不坏。"宁欣就没再说什么。

饭后不久，局长神秘地把大师领进门来，姜局长也不多说话，大师看似就是个平常人，五短身材，但气宇之间，似乎又和正常人有些不一样。大师让宁欣坐在椅子上，大师便开始发功，双手放在宁欣头顶处，不一会儿，大师就说："好了。"

姜局长就凑近宁欣近前道："弟妹，感觉如何？"

宁欣晃晃头，又伸伸胳膊道："头是热的，脑子清晰了。"

姜局长就说："要不要去宁书记家看看，前几天省长看过，省长都说大师神。"

大师一边喝茶一边和李满全聊天。

宁欣见姜局长这么说，便说："我可做不了我爸的主，那我抽空回家问一下我爸。"

姜局长就一迭声地说："好。"

又坐了一会儿，大师就走了。

从那以后，宁欣发病次数似乎少了一些。有时一个月才犯一两回，以前一个月要犯上三四回。

李满全见到局长也说："大师很灵。"

姜局长眼睛一亮就说："我说的没错吧，等大师下次来，我再安排大师给弟妹治一次。宁书记知道这事了么？"

他说："宁欣好像跟她妈说了，没表态。"

姜局长就点点头，没说什么。

有一次崔主任来到了他家，带来了许多礼物，还给宁欣带来了一条项链。

他说什么也不要，崔主任就急了道："咱们还是不是朋友？"

他看着崔主任不知如何是好，想起这些年崔主任对自己的帮助，便说："在林业厅时，我只有你这么一个朋友，咱们怎么会不是朋友呢。"

崔主任就说："这不结了，我来看一下嫂子还不应该。"

他不好再说什么了，崔主任又说了会儿话便告辞了。他送崔主任到了门外，崔主任就说："哥，有个事你得帮忙。"

他就问："什么事，你说兄弟，只要我能帮上的。"

崔主任就说："我们厅业务处长退休了，我想去业务处。你知道，虽接了你的位子，却还是原来的副处，这一晃也有五六年了。这次是个机会。"

他就为难地说："我怎么帮你，林业厅的事也不归我管呢。"

崔主任就说："和厅长打个招呼。"

他问："管用么？"

崔主任说："一定管用。"

他就想到自己的婚礼是厅长帮助张罗的，自从他到管理局当上副局长，厅长每次来到省机关开会，都要到他办公室坐坐。吸支烟，喝杯茶就走了。

他就说："我试试吧。"

崔主任就说："哥，你肯开口，厅长一定给你面子。"

没过几天，他见到了厅长，他就把崔主任的意愿和厅长说了。厅长沉吟一下道："这事得厅党委研究。老弟，这事你开口了，我一定尽力。"

他就说："厅长，为难就算了，当我没说。"

厅长笑一笑。

几周之后，崔主任喜气洋洋地打来电话，冲他说："哥，这事成了。厅党委研究过了，过几天我就到业务处任职了。"

他也说了几句祝福的话。

他没想到，厅长这么给自己面子。他意识到，自己的背后站着宁书记。他的腰杆一点点挺起来。

他体会到，在官场有些东西是可以交换的，比如，面子和人情。对林业厅长他没什么人情，他剩下的就是面子，他现在是宁书记的女婿。

彼时

江歌给他打来电话，商量丁丁高考的事。一转眼丁丁马上就高中毕业了。自从丁丁上高中以来，丁丁就一直住在自己家里，学习忙很少去姥姥姥爷家。在这之前，他问过丁丁，孩子希望报考本省的大学。有一次去学校开家长会，他去了，见过老师，老师谈到丁丁的学习，根据模拟考试的水平看，丁丁报考省里的重点大学还是有希望的。

江歌希望丁丁去省外上学，最好考上北京上海这类学校。他不想和江歌争执什么，放下电话。

自从江歌和林松结婚之后，两人少有往来。第一次是丁丁上高中，两人见了一面，他说出了自己的想法。江歌同意丁丁住在他这里上学。这是第二次。

丁丁的高考成绩下来了，离他报的本省大学第一志愿还差两分。

丁丁一查到分数，便把自己关在房间里哭了，怎么叫也不出来。他下班回到家，宁欣早就回来了。宁欣搬来一把椅子坐在丁丁门口正在做丁丁的工作，他知道原委后，坐在沙发上，他点了支烟。自从和宁欣结婚，他很少在家吸烟，宁欣说她讨厌烟味。他吸了几口烟，便把烟摁灭，背着手踱步，他突然问宁欣："大学里有没有认识的人？"

宁欣想了想说："我认识一位副校长，和朋友一起吃过饭，但人家不一定认识我呀。"

他又坐下，翻着手机，突然想起一个人，参加过他们婚礼的省教委的一位主任，他站在阳台上给这位主任打电话。主任姓唐，唐主任接电话，刚开始声音有些嘈杂，看样子是在酒桌上，一会就安静了下来，唐主任就说：局长大人，有什么事你尽请吩咐。其实这位唐主任他不熟，结婚时他来过，别人介绍过他，两人握了手，互留了电话。

他就说："不好意思唐主任，打扰了。孩子高考的事……"

他就把孩子的事说了。

唐主任沉吟半晌道："这所大学的苏校长我熟，这样吧，我约下苏校长。"

两天后，唐主任约来了苏校长，三人聚了一次。酒过三巡之后，苏校长就端起酒杯道："李局，别人的面子我可以不给，你的面子我不能不给，我敬你。"

不出意料，没费吹灰之力，孩子上学的事就落定了。

散场的时候，他让苏校长和唐主任留步，走到车旁从后备厢里拿出几箱礼品，不外乎好烟好酒之类的。这是几天前别人送给他的，一直放在后备厢里。苏校长、唐主任又一次谢过了。

他回到家里，丁丁正躲在房间里玩游戏，自从高考分数下来之后，丁丁一直是这种状态。他推开丁丁的门，坐在床头，看着丁丁。丁丁没有抬头，从他进门到坐下一直没有抬头。他顺手把丁丁的电脑合上，丁丁这才抬起头望着他。

他笑一下说:“准备上学吧。”

丁丁睁大眼睛,不信任地望着他。

他打个酒嗝道:“我刚见过苏校长,他说这几天录取通知书就会寄到你手上。”

丁丁的眼里突然蒙上一层泪水。他伸出手蒙在儿子的脸上,身子靠过来,许久了,他再也没有和儿子有这种亲昵动作了。

莫名的,在孩子面前,他有一种成就感,他放开儿子道:“跟你妈说一声吧,免得她惦记。”他让儿子给江歌通风报信,不仅是告诉一个喜讯,还有一层,那就是儿子是靠着他的力量考上理想的大学的。

当初江歌和林松结婚,他嫉妒,现在突然间释然了。他觉得自己很强大,强大到自己没有办不成的事。他离开儿子房间,回到客厅,看着宽大的客厅,他突然感到自己很幸福,也很高大。

那件事过去没两天,丁丁突然跟他说:“爸,我妈想见你。”

他怔了一下道:“她为啥不直接和我说?”

丁丁摇摇头。

丁丁在上大学的前一周,带着他来到了一个餐厅,又把他带进一个包间。江歌已经等在那里了。

他和丁丁坐下,江歌就说:“咱们三个好久没坐在一起了。”

他抬眼望江歌,江歌笑一下说:“咱们一起祝贺孩子上大学吧。”

他抬头冲儿子说:“丁丁祝贺你。”把杯子举起来和丁丁的杯子碰了一下。

丁丁又和江歌的杯子碰了一下:“谢谢爸妈。”

此时的丁丁是幸福的。

江歌又说："我也要谢谢你，为了孩子能上一所理想的大学。"

江歌举起杯子，他没动，夹了口菜，低着头说："丁丁也是我的孩子，为他做什么都是应该的。"

他听到江歌这话，内心是欣喜的。自从和江歌认识到结婚，他一直仰仗着江副军长的关系，现在他终于走出了她的阴影。他又想起了宁欣，自己现在何尝又不是活在宁欣的阴影里呢。想到这，他情绪低落下来。

匆匆吃过饭，他就带着丁丁回家了。

几天后，丁丁开学了，丁丁住进了学校。

宁欣又犯了一次癫痫病，是在床上，尿液浸湿了被褥。大半夜的，他起来又换了回床单和褥子。

清醒后的宁欣有气无力地说："李满全，你是不是后悔娶我了？"

他听到这句话，一下子从床上坐起来，没有说话，而是把她的被子又掖了掖，拍拍她道："快睡吧。"

他在这之前，也曾这么问过自己，在内心没有找到答案。

他想，世界上的事情都是有失有得。失与得达到一样时，世界就平衡了。

此时，他内心是平衡的，他觉得生活有了滋味，人到中年的他终于品味出了生活的真谛。关系就是他脚下的路，关系有多广，路就有多长。

算盘

侄子出事了。

他已经躺下了，手机也关了。朦胧中刚迷糊着，座机就响了。座机在深夜里很少响，他在记忆中只有几回。一回是岳母打来的，那次岳父半夜被送到医院，岳母打来告诉他们，宁书记心脏不舒服，被救护车拉走了。他和宁欣赶到医院时，岳父已经没啥事了。还有一次是局长打来的。局长不知在哪个酒局上喝了酒，有点多，舌头都有些大了。在电话里神秘地跟他说："你岳父宁书记听说要调到中央去了。"他懵怔着半天说："没听说呀。"局长就说："老李别瞒我，你以后发达了，可别忘了老哥。"局长比他大了十几岁，但一直叫他老李。局长半夜的消息似乎不假，从那时开始，机关上下都在传说宁书记要调到中央去了。他从侧面为这事问过岳母，岳母说："别信那些谣言，中央不下令说什么都没用。"

这次侄子火急火燎地在电话里说："叔，我开车出事了，撞人了。"

他追问了句："怎么回事？"

侄子说："我去农场拉货，回来的路上就撞了一个人。"

他放下电话，又把电话打给车队队长，把侄子出事的消息告诉了队长，让他去现场看一下。

那一晚，他一夜也没睡好。手机也打开了，但再也没有人给他打电话。第二天，他早早来到办公室。不久，电话响了，打来电话的是局长，局长就说："老李呀，你来一下。"

他去了，进门时看见车队队长正坐在局长办公室里，车队队长说："侄子在农场喝了点酒，回来的路上，撞到了个人。"

他就问："怎么样，人呢？"

队长说："人没送到医院就死了。"

他听了，脊梁跟着凉了起来。他去望局长，局长点了支烟，顺手把烟盒扔给他，他抖着手去点烟。局长很平静地道："老李，我觉得这件事要大事化小，不能声张。"

他点点头，望着局长。

局长指示车队队长道："你去把这事处理好，交通队那我去打招呼。"

车队队长站起身来说了句："明白。"便转身走了。

局长说："老李，这事咱得私了，出事是你侄子，咱们不能公事公办。咱们要不管，你侄子就得去坐牢。"

他望着局长，真诚地说："局长，让你操心了。"

局长说："这事只能这么办，你不用管，这些我出面。"

几天后，这件事就被局长摆平了，以局里的名义赔偿了死者十五万元和死者家属和解了。

事后，他要请局长吃饭，局长摆下手道："你和我客气什么，都是工作上的事，你侄子要有事，对局里影响也不好。不过，你侄子不能再开车了，让他调去后勤吧。我和后勤处的胡处长打过招呼了。"

他千恩万谢了。姜局长就平静地说："老李，有空在宁书记面前替我说句好话我就千恩万谢了。"

姜局长在机关是位老局长了，一个位置干了六七年，不可能没有想法，他正四处活动变换一下工作。

事后，他才理解姜局长的老辣。在侄子这件事上，姜局长处理得不动声色，表面上看是给他个面子，其实是为自己在调整工作前铺平天下。

这件事发生半年后，姜局长的职务终于调整了，调到省人大任秘书长，职务虽没有大的提升，只升了半格，对仕途来说，也是一种很大的进步。

李满全没有直接晋升局长，机关另外一位同事接替了姜局长。这有点出乎他的意料，在这之前，他接替姜局长的呼声一直很高。在外人眼里，他提升局长是板上钉钉的事。他心里也做好了这种打算。没想到，命令下来时，事与愿违。

有一次周末，他和宁欣去岳父家，岳父在楼上书房里。岳母陪他和宁欣在楼下坐着，每次他来岳父家，很少能和岳父说上几句话，要么他接待客人，要么躲在书房里看文件。

岳母一边和宁欣说话，一边有一搭没一搭地也和他聊上一两句，岳母说："听说林业厅的王厅长要到市里面当书记去了。"

王厅长他熟悉，他和宁欣的婚礼就是王厅长帮忙张罗的。

他第一次听说王厅长的事，便忙说："王厅长这人很能干，对人也不错。我和宁欣结婚还是他张罗的呢。"

岳母就说："前几天，王厅长来家里和你爸说话我听了一嘴。你们出去可不要乱说，这是组织上的事。"

他相信，岳母说的话，一定不会是谣言。

宁欣就说:“妈,这次姜局长调走,满全也没提起来。”

岳母看他一眼道:“满全,你还年轻,干啥事都别急。”

他笑笑说:“妈,我不急。好多人都传我爸要调到中央去,怎么没消息了?”

岳母叹口气道:“前一阵子是有这个说法,你爸去北京开会,上面也透露了这个意思,可不知咋地,又没信了,官场上的事一会风一会雨的。谁知道呢。”

几个月之后,王厅长提拔当上了市委书记,在王厅长的力荐下,他调到林业厅当上了厅长。

他没想到,转了一圈又回到了林业局,人生就像一把牌,不知道自己下一张会摸到什么。他摸到了人生的上上签,一个农村出来的愣小子,他觉得自己命太好了。恨不能跪下,冲苍天大地磕几个头。

滋味

李满全也没想到，自己还能再一次回到林业厅。风景却这边独好了。他现在是厅长了，一把手，他回到林业厅就任的第一件事是和班子成员见了面。还是原来他在服务公司的那些人，过去，这些人是他的领导，上司，现在却是下级同事。

任书记主持召开的见面会。他和班子里的人一一握了手，轮到和林松握手时，他发现林松伸出的手冰冷，他握住林松的手老熟人似地摇晃着，还拍了一下林松的肩膀。

他到林业厅之后，又搬了一次家，从省委宿舍区搬到了林业厅的宿舍，住在老厅长腾出的那套房子里。这间房子他很熟悉，在服务公司时，他多次来到过这里。那会儿，这套房子在他眼里不仅宽大明亮，还透着许多神秘，高不可攀的神圣。林业厅的宿舍比省里同级别的干部建的都要大一些，属于超标建筑，二百多平方米的房子，比在省里当副局长时的宿舍要大出几十平方米。

此时，他四十九岁。在全省的厅级干部中，他是最年轻的一个。他又想起在师里时，在警卫连，他是最年轻的连长。那年他二十六岁。那会儿，他做梦也没想到会有今天。

丁丁一年前就大学毕业了，现在读研究生。周末时，偶尔会回来，到家里吃顿饭，或者给他打个电话，直接去了江歌那里。他不计较这些，孩子有自己的权利。

林松和江歌住在另外一个单元，副厅长的家他去过，比起厅长的房子差了许多。仅客厅就小了十几平方米。

他和宁欣结婚后，两人就商量好了，不再生孩子了。宁欣的病医生说过，有很强的遗传性。虽然这几年发病次数越来越少了，但谁也不想生一个有先天疾病的孩子。为这事，岳母过问过几次，是宁欣回绝了母亲的关心。

经常的，晚饭后他和宁欣两人会下楼遛弯，走出宿舍不远，有一个公园。那里树林茂密，有排椅，有人工修好的花坛，还有一条条曲径通幽的小路。这里成了林业厅干部们的后花园。晚上天气较好，这里是人们茶余饭后必来的地方。

他以前就来过，在服务公司给领导家送各种副食，有时领导不在家，他让司机在车里等，自己到这里走过。那会儿他就想，自己有一天能住到这里，会是一种什么样的感觉？

幸福来了，他和宁欣成双入对地也出来走一走，他碰到了林松和江歌。他已经有几年没见过江歌了，江歌看到他时，下意识地把身子向林松后面躲了躲。他大方地迎上去，和林松打招呼，说几句天气之类的话，突然想起什么似的说："江歌，来介绍一下，这是宁欣。"他一句话把两个女人推向了前台。两个女人打招呼，江歌还是那么清高，伸出手和宁欣握了一下，便退回去不说话了。

两对人就走了。宁欣看他一眼道："她就是你前妻呀。"他"嗯"了一声。她说："她挺漂亮的。"他心酸了一下，的确，江歌这些年似乎没太大变化，身材挺拔，双腿修长。搞文艺的人，总有几分不一样的地方。

最初见到江歌时，他有过那么一丝不舒服，但很快就过去了。宁欣是知识分子，平时少言寡语，回到家，就躲到书房看书，平时也少有和社会交往，躲在大学图书馆里，接触的就是学生和老师。她从记事开始，似乎就没为自己的人生操过心，到现在的与世无争，一切都缘于她的出身，在她眼里，这个世界就该这样。他拥有了宁欣，就拥有了前途和命运。虽然表面上宁书记不过问他的未来，甚至没有一次和他聊过工作。都是岳母每一次和他透露一些消息，在官场上，他不需要操心，有许多看不见摸不着的关系在牵动着他一步步向上攀登。

几年前就有消息说，岳父就要调到中央了，官场上的事，无风不起浪，也许说不定哪一天，岳父真的会调到中央，那会儿，他更不用操心自己的未来了。此时的李满全，前所未有地幸福着。

服务公司的王总有一天晚上给他送来了许多蔬菜、水果。他正倚在沙发上看电视，王总指挥着人把东西放到了厨房，他们退去之后，王总走到他的面前，叫了声："满全厅长，看家里还有什么需要的。"王总随身带了个小本，此时王总从兜里掏出小本，准备做记录。他拍拍沙发让王总坐下，还把一盒烟推到王总面前，王总先把一支烟递到他手上。他说："以后，不要给我送这么多东西，都烂了。"

王总点头道："满全厅长，你搬过来得急，房子也没给你重新装修一下，看什么时候方便，把房子装修一下吧。"他摇了摇头道："挺好的，不用装。"王总又说："丁丁读研究生了，我知道学校条件差，好几个人一个房间，要不，我去给孩子租间房子，让他一个人住。这样对学习有好处。"

他听到这话，冷下脸道："王总，我什么都不需要，孩子更不需要，要是他需要可以自己租房。”

王总忙把烟摁灭了，站起来，难堪地望着他，他也站了起来道：“小王，以后我的事不能搞一点特殊，这样吧，领导的福利我减半，你看我家就两口人，大部分时间都在食堂吃，半个月给我送一次就够了，其他领导怎么送我不干预，行么？”

王总忙点头，他把王总送到门口，拍拍王总的肩头道：“小王，辛苦了。改天我去公司看看，毕竟是我工作过的老单位。”

王总就千恩万谢地走了。

他想起自己在服务公司工作时，想方设法采购各种副食商品为领导提供服务，甚至连卫生纸都替领导考虑了，他要亲自把这些东西送到厅长和书记家。他理解小王的心情。但现在他真的什么都不需要了，有时人的欲望很奇怪，当你什么都没有时，恨不能把全世界都拥抱到自己怀里。当你觉得全世界都是你的时候，他才觉得什么也不需要了。

不久，他来到服务公司检查工作，还是那栋小楼，几年时间过去了，这一切对服务公司来说似乎从未变化过，包括这里的人。他每间办公室里都走了一下，和人握手，打着招呼，他发现马香香的办公室是空的，办公桌上摆了一张一家三口的照片，三个人很幸福地望着前方。

王总就解释道：“马香香爱人又生病住院了，她去陪护了，有一周了。”

他“嗯”了一声，没说什么，依旧打着招呼然后就走了。关于马香香他心底里这一刻才意识到，一直没有放下她。他潜意识里还在关注她，关心她。

他调走后，他记得马香香给他打过一次电话，说爱人被王总辞掉了，他为了这个和王总打过招呼，让他照顾一下许科长。后来就没有消息了。那会儿，他偶尔仍会想起她，却没理由和机会见到她。但他知道，回不到过去了，只是偶尔惦记一下。他不知道马香香心里是怎么想的，此时的他不需要儿女情长了，他的眼前是更广阔的事业。

相忘

再见到马香香是许科长出事后的第三天。

许科长终于从家属楼的顶层一跃而下了。他告别了病痛的折磨，在天台上一跃而下，带着快感和愿望。

单位组织开追悼会，作为厅长的他参加了，站在亲人队伍里的马香香两眼红肿着，她竟然在发抖。许科长的父母也来了，站在亲人位置的首位。他曾经仰视过的前省政府秘书长，头发早已花白。他和老伴相携地站在那里。

李满全代表厅领导依次和家属握手，前秘书长嘴里说着感谢的话，他伸出手和马香香的手握在一起，这么多年他们竟在这样的场合下第一次握手。他两只手握住马香香的手，嘴里说着节哀、保重之类的话，他望着人到中年的马香香，发现她的鬓角已经有了几许的白发。马香香嘴唇牵动着似乎在说着什么。马香香的身边站着他们的女儿，不用介绍，他一眼就认出了她的女儿，女儿的样子就是马香香年轻时的翻版，他怔了一下，还是伸出手，女儿的手攥在他的手指上说道:“谢谢叔叔。”

马香香的女儿一直住在爷爷奶奶家，很少和马香香他们住在一起，在他的记忆里似乎从没见过她的女儿。

追悼会之后，他接到马香香的电话，她在电话里又说了些感谢之类的话，后来他说："有什么困难，我能帮你？"她说："没有了，一切都挺好的。"

他又一次见到王总时，说起了马香香，他关照道："马香香现在一个人了，带着孩子，不容易。能照顾就照顾她一下，一个女人不图别的。"

王总利索地答应了。

马香香在他心里就此画上了一个句号。

他在机关大会上做了一项规定，领导要取消各种不必要的福利，包括每周送给领导的副食，他在领导班子会上说："这些福利就是干部的特殊化，如果大家有意见，停止我的福利，如果有需要，可以让服务公司给需要的人有偿服务。"

他做的第一件事就是取消了领导的特殊福利，这个决定得到了机关所有人的拥护。

不久，机关里一位处长来他家坐了坐，走时留给他一张银行卡。他追出去要把卡还给这个处长，处长推搡着转身跑到楼下。第二天一上班，他就让秘书把卡给这位处长送了回去。

他在机关会上不点名地批评了这位处长。从那以后，没人再打给他送礼的主意了。

机关里许多人都说："自从他当了厅长，风气一下子就好了。"

有一次他去外地检查工作，来到了他当兵驻守的那个县。他和陪同人员提出要去军营里看一看。一行人带着他来到了军营。师撤编后，还是第一次回来。

军营变成了一所警察学校，昔日的师部办公楼变成了教室。他站在院子里，看着正在上课的警察学校的学生，似乎又回到了当年。他走出院子，来到家属院门前，师长的小楼还在，却改成了招待所，这里留下他太多美好幸福的回忆。他回望着军营，宣传队员们的歌声又在耳边响起："红岩上红梅开，千里冰霜脚下踩，三九严寒何所惧，一片丹心向阳开……"

他向昔日的军营告别了，坐在车上，闭上了眼睛，犹如又回到青年时代。第一次来到军营时，他从卡车上下来，背着背包茫然地站在军营里，一晃快三十年了，这是他的出发地。每天向首长喊"报告"。

每个人都在书写着自己的报告，今天向明天报告，向未来报告。

他突然想到了江副军长。自从和江歌离婚后，他已经好久没有见过他了，还有张老师。

回到省城不久，在一个周末，他没有坐专车，乘公共汽车来到了江副军长家门前。他试探着敲响了门，开门的是张老师，两个人都怔了一下，他叫了一声："阿姨，我来看看你们。"

张老师无措地把他让进门，张皇地冲楼上喊："老江，来客人了。"

张老师把他让到沙发上去坐，还是那个沙发，有几处已经绽了线，江副军长扶着楼梯从楼上下来，他站起来，叫了声："叔叔。"

江副军长老了，头发都白了，有些尴尬地站在那，他说："叔叔，快坐。"

江副军长和张老师坐在他对面，两人对他竟无言以对。

他说："老首长，前几天我去了一趟师里，那里改成警察学校了。"

江副军长的眼神里掠过一丝亮色，颤颤地问："变了么？"

他说:“还是老样子。”

他们找到了共同的话题,聊了会儿老部队。他告辞了,江副军长和张老师把他送到门外,他回身去望两位老人,他们的白发,在风中飘荡。

他心里竟不是个味,眼睛有些发潮,想起昔日他就和他们住在一起,那时,他们是他的岳父岳母,没有他们,就没有自己的今天,他这么想着,眼睛就湿了。他没再回头,向公共汽车站走去。

他在厅机关已做了规定,任何职务的干部都不能因私用车。他要带头遵守这项规定。他当上厅长后,明白一个道理,人对未来还充满理想时,自私的东西就会被挤出身外。他所做的一切就有了明确的目的和价值。此时他觉得自己一身轻松,唯一的压力就是努力工作,把厅里的工作搞上去。

起点

岳父宁书记退休了。

在这之前，他一直听小道消息说，岳父要调到中央去工作。他没等来岳父调动，却被宣布退休了。

一个周末，他和宁欣又一次走进省委书记那栋小楼。例外的是，宁书记没有在二楼的书房里，而是坐在客厅的沙发上等他们。岳母在他身后拿着喷壶在浇花。他和宁欣走进去，宁书记指着沙发让他坐下，宁欣接过母亲手里的喷壶帮母亲浇花。

这是他少有的几次和宁书记这么面对面坐在一起，以前来家里，大部分时间宁书记不是在外面开会调研，就是在二楼的书房里工作，甚至也很少和他们在一起吃饭。

岳父退休前是省委书记，他有很多工作要忙，现在岳父退休了，不再是书记了，他就是岳父了。

他望着岳父，岳父的目光和之前相比暗淡了一些，他此时更像一个父亲，一个老人。他叫了一声："爸……"

岳父微笑着说道："满全，今年四十几了？"

他说："爸，我四十九了。"

岳父："在厅长的位置上有两年了吧。"

他说:“两年半了。”

岳父点点头:“满全,你还年轻,五十不到就是厅级领导了。我五十岁才当厅长,满全,你会有未来的。”

他笑了,手握在一起在相互搓着,他谦逊地说:“爸,你还要常常教导我。”

岳父:“我下一步要去人大去工作了,不会那么忙了。抽空咱爷俩多聊聊。”

他伏下身道:“爸,一定,你有空我一定多来请教。”

那天,他和宁欣在宁书记家里吃了晚饭才离开。在路边,他伸手叫了一辆出租车。他走出宁书记的小楼时,突然觉得自己长大了。人刚到中年,正是年富力强的时候。岳父在吃饭时一遍遍地感叹:“年轻就是最大优势。”他体会到了自己的优势。

岳父老了,退居到省人大去工作了,没有人再会为他遮风挡雨了,他要独自去面对这个世界了。

他多次想过,一个农村孩子,在小小的靠山村走出来,一路来到省里做到了厅长的位置上,他为了自己的今天感到幸福。是心底里的幸福。

又一个周末,突然在家里他接到了江歌的电话。江歌说:“丁丁恋爱了,你知道么?”丁丁在读研究生,为了他学习方便,他和宁欣为丁丁在学校附近租了一套公寓房。丁丁有时十天半月也不回来一次。他听江歌这么说,便道:“丁丁都二十三了,谈恋爱也应该。”

江歌又说:“你知道丁丁在和谁谈恋爱么?”

他怔了一下才道:“是谁呀?”

江歌说:“马香香的女儿,许晓雯。”

他第一次知道马香香的女儿叫许晓雯。在许科长追悼会上，他见到过许晓雯，在他眼里，许晓雯和马香香年轻时长得一模一样。他当时惊讶了，但也并没有多想。

江歌在电话里说："丁丁和许晓雯恋爱我不同意。你有时间找丁丁谈一谈。"

电话挂断了。

他好久才回过神来，他想到了当年自己在追求马香香时，她的父亲马德海也是不同意。恍惚之间，时光又一次倒流了。

关于马香香，江歌虽然和她没打过交道，但她却一直知道马香香。马香香唯一的一次来部队看他那次，江歌就知道。

他给丁丁打了一个电话，对丁丁说："你抽空回家一趟吧，把许晓雯也带过来。"

丁丁在电话里说："爸，我妈告诉你的吧？"

他说："别管谁告诉的，有没有这回事吧？"

丁丁说："我晚上就回去。"

他从书桌后站起来，点了支烟，他搞不明白儿子怎么竟和许晓雯好上了。他想到马香香，犹豫了一下，还是给马香香拨通了电话，他说："你姑娘叫许晓雯吧？"她在电话那端没有说话。

他又说："她和我儿子恋爱了你知不知道？"

她没有马上回答，半晌才说："你不会不同意吧？"

他没说话，把电话摁掉了。

他走出书房，冲在另外一个房间看书的宁欣说："丁丁一会儿要回来，带他女朋友一起。"

宁欣走出房间："要去买菜么？"

他说："算了，咱们出去吃。"

他走到客厅窗前看到丁丁和许晓雯一前一后地走进楼门。不一会儿，房门铃声响了。

又一个故事开始了！